KB081993

생각을 생각하자?!

2016년 11월 21일 제1판 제1쇄 인쇄
2016년 11월 28일 제1판 제1쇄 발행

쓰고 엮은이   김배균, 권혁원
펴낸이   강봉구

디자인   비단길
인쇄제본   (주)아이엠피

펴낸곳   작은숲출판사
등록번호   제406-2013-0000801호
주소   10880 경기도 파주시 신촌로 21-30(신촌동)
전화   070-4067-8560
팩스   0505-499-8560
홈페이지   http://www.작은숲.net
페이스북   http://www.facebook.com/littlef2010
이메일   littlef2010@daum.net

© 김배균, 권혁원
ISBN 979-11-6035-005-0   43810
값은 뒤표지에 있습니다.

성남고 '댓글쓰기 대회' 모음집

내 인생의
첫 생각

생각을
생각하자 ?!

김배균 · 권혁원 쓰고엮음

작은숲

머리말

이 책은 '성남고등학교 댓글쓰기 대회'의 글들을 엮어 만들었습니다. 댓글쓰기 대회는 생각을 생각하는 대회입니다.

입시 '몰입' 교육이라 해도 과언이 아닌 우리나라 교육 현장에는 내 자식, 내 제자의 승리를 독려하는 '가르침'이 넘쳐납니다. 이런 가르침들 중, 가장 강력한 것은 "공부 못하면 인생 X 된다."입니다. 어릴 때부터 어른들에게 무수히 이 소리를 들은 많은 학생들은 이를 '진리'라고 생각하며 불안해합니다.

댓글쓰기 대회는 이런 현실에 대한 문제의식에서 출발하여, 생각을 생각하는 대회로 자리 잡았습니다. 입시 경쟁에서의 승리를 독려하는 말들처럼 학생들을 불안하게 만들지만, 학생들이 진리라고 여기는 생각들이 '정말' 진리인지 스스로 생각해 보고, '나'의 승리를 넘어서는 '우리들'의 인간다운 삶에 대해 성찰하고, 그 결과물들을 공유하면서, 불안이 아니라 용기와 희망을 주는 생각들을 학생들 스스로 만들어 나가는 대회입니다. (자세한 댓글쓰기 대회의 교육적 효과에 대해서는 책 뒤에 덧붙였습니다.)

　대학 입시와 취업 때문에 불안에 떨다가 삶의 주체성을 상실하는 학생들이 점점 더 많아지고 있습니다. 이들은 문제가 발생하면 주체적으로 해결하려 하지 않고, "이거 어떻게 해요?"라며 누군가에게 의존하려고 합니다. 스스로 사고하고, 판단하고, 선택하고, 실행하기 보다는 묻고 또 묻습니다. 희망보다는 불안을 조장하는 세상이 만들어낸 안타까운 모습입니다. 이들에게 이 책이 한 줄기 희망의 빛이 되길 기대합니다.

　끝으로, 자신을 진솔하게 성찰하면서 댓글쓰기 대회에 참여하고 있는 성남고 학생들과 흔쾌히 책을 만들어준 '작은숲출판사' 강봉구님께 감사의 말씀을 드립니다.

2016년 11월

김배균, 권혁원

성남고 '댓글쓰기 대회' 시행 방법

　① 2013년 3월부터 전교생을 대상으로 월 1회(연 10회) 댓글쓰기 대회를 실시하고 있습니다.

　② 앞면에는 '생각이 담긴 짧은 글'(이하 생각글) 4~5개와 댓글을 쓸 수 있는 공간이 있고, 뒷면에는 지난달의 댓글 중에서 선별한 우수 댓글이 실린 유인물을 전교생에게 배부합니다.

　③ '생각글'은 엮은이들이 창작하거나, 학생들에게 공모하거나, 책에서 인용하여 만듭니다.

　④ 1주일 동안 학생들은 지난달의 우수 댓글과 '생각글'을 읽고, 자신의 생각을 유인물에 직접 써서 담당 선생님께 제출합니다.

⑤ '글쓰기'보다는 '생각하기'에 중점을 두는 대회이므로 댓글의 분량이나 형식에는 제한이 없습니다.

⑥ 제출된 댓글을 심사하여 우수 댓글로 뽑힌 댓글들을 다음 달 댓글쓰기 대회 유인물 뒷면에 무기명으로 싣습니다.

⑦ 우수 댓글을 많이 쓰고, 열심히 참여한 학생들을 학기별로 선정하여 교내 시상합니다.

차례

3 경쟁 속의 욕망

4 욕망 속의 공부

어. 수업을 들어도 이해가 안 되네. 이미 내 인생 X 됐나 보다. 너 때문이야. 나는 역시 해도 안 되는구나. 에이, 안 해. 의미 없는데 왜 해. 난 대학 안 가. 몰라, 어떻게든 먹고 살겠지. 잠이나 자자. 게임이나 하자. 왜, 나한테만 그러는 거야. 어쩔 수 없다, 이젠 늦었어. 에~라, 모르겠다. _132

051 마음에도 습관이 든다. 공부하기 싫은 마음 어떻게 극복할까? _134

052 나는 나! 비교하지 않는다. 사람과 사람은 비교 불가능하다. 우월감과 열등감이 있을 뿐, 우월한 사람도, 열등한 사람도 존재하지 않는다. 비교는 불안, 초조, 슬픔 등 부정적 감정을 낳는다. 부정적 감정은 발전의 장애물이다. 나의 공부법을 만든다. 엄친아의 공부법은 나의 공부법이 될 수 없다. 엄친아가 무엇을, 어떻게, 얼마나 공부하는지, 공부했는지가 아니라, 내가 무엇을, 어떻게 공부하는 것이 효율적인지 생각하고 실천하면, 시행착오를 통해 누구나 자기만의 공부법을 만들 수 있다. 실수, 실패, 패배를 두려워하지 않는다. 실수, 실패, 패배 없이 그 누구도 발전하지 못한다. '포기'만 하지 않으면, 결과와 상관없이 나의 노력은 나를 발전시킨다. _137

053 앎의 즐거움을 추구한다. 성적 향상의 즐거움은 성적 발표 순간뿐, 곧이어 성적에 대한 압박, 불안이 밀려온다. 그래서 성적이 향상되어도 불안, 초조가 떨쳐지지 않는다. 몰랐던 것을 스스로의 힘으로 깨우쳤을 때 느껴지는 즐거움을 추구하라. 이 즐거움은 매일매일, 매순간 추구하고 느낄 수 있고, 그 누구도 방해하거나, 빼앗아 갈 수 없는 나만의 것이다. 잘 쉬어야, 놀아야 잘 산다. 공부는 에

너지 소모, 놀이와 휴식은 에너지 충전. 충전 없이 소모하면 방전된다. 공부 시간에만 공부하고, 그 외에 시간은 공부를 잊고 즐겁게 놀고 쉰다. _140

5 인간 그리고 나

생각을
? 열자!

1

삶은 만남

삶은 만남이다.
살아가는 것은 누군가를, 무엇인가를
만나는 것이다. 희노애락은 '만남'에 있는가?
'소유'에 있는가?

김동현 3학년　　　내가 태어났을 때 나는 가족을 만났고, 8살 때 선생님과 친구들을 만났으며, 18살 때 내 안의 자아와 만났다. 그리고 만남은 항상 소유를 가져왔다. 가족을 만났을 때 나는 몸을 가졌고, 선생님과 친구들을 만났을 때 지식과 사랑을 가졌으며, 자아를 만났을 때 꿈을 가졌다.

정동현 2학년　　　옛날엔 상상하지도 못했던 많은 것을 소유하고 지하철에 많은 사람들이 있어도 우린 외롭게 산다. 그렇지만 친구들과 싸우고, 힘들어하고, 기뻐하고, 슬퍼하는 지금의 학교생활은 내가 살아 있음을 느끼게 해 준다. 친구들과 쉬는 시간에 하는 말뚝박기, 하교시간에 없는 돈까지 털어서 친구들과 함께 먹는 매콤한 떡볶이의 맛을 그 무엇과 비교할 수 있을까?

배태현 3학년　　　'사람'은 '人間'이다. '人間'은 '사람 사이'다. 사람 사이의 소통으로 인간은 살아간다. 소통하면서 '희노애락'을 느끼고, 희노애락을 소통하면서 우리는 아름다운 삶을 살 수 있다.

'나'를 보고 사는가?
'너'를 보고 사는가?

곽남혁 1학년　　　나를 먼저 보고 너를 본다. 너를 먼저 보게 되면 너를 따라하는 나를 볼 것이기 때문이다.

박찬희 2학년　　　'나'만 보고 살지 말고, 거울을 보며 '너'가 된 '나'를 보며 살자.

이세휘 1학년　　　나는 '나'를 보며 살고 싶다. '너'를 보며 나의 허점과 결점 그리고 '너'의 단점을 찾고 싶지 않다. '나'의 목표와 생각 그리고 사상을 좇으며 살고 싶다. '너'와 '나'를 비교하며 살고 싶지 않다. 아무리 내가 '너'로 인해 '남'들 보기에 더 나은 사람이 되었다 하더라도, 마냥 '너'만 바라보며 산다면 결국 '나'를 잃고 방황하게 될 것이다.

채윤석 1학년　　　'나'를 보고 사는 사람은 자신과 관련되지 않은 건 하지 않는다. 반대로 '너'를 보고 사는 사람은 자신을 희생하면서까지 남을 돕고 보살펴 준다. 그런데, 요즘 대부분 사람들은 '나'만 보고 산다. 주변도 둘러보고 살면 좋으련만.

최현수 2학년　　　인생은 혼자서 살아갈 수 없기에 '우리'라는 단어가 있는 것이다. 나나 '너'만 보고 살아가지 말고 그 둘이 모두 포함된 '우리'를 보고 살아가는 건 어떨까?

오준석 1학년　　　나와 너를 '우리'라는 공동체로 인식해야 한다. 현대 사회에서 나와 너만을 보게 되면 시야가 고정될 수밖에 없다. 좁은 시야를 갖고 살아가면 마음도 좁아질 수밖에 없다.

유경훈 1학년　　　'나'만 보고 살다가는 앞을 보지 못한다. '너'만 보고 살다가는 자신을 보지 못한다. 인간은 눈에 보이지 않는 것까지 보며 살아가야 한다. '나', '너'는 물론이요, '우리'를 보아야 한다. '우리'는 '나'와 '너' 뿐만이 아닌, 살아생전에 다 보지도 못할 만큼 많은 인간들을 뜻하는 대명사이다. 우리, 즉 인류 전체를 보고 살아야 그 안의 자신을 제대로 읽을 수 있다.

나민승 2학년

나 자신을 보고 사는지

너가 보는 나로 사는지

언제나 가면을 쓴 나로서는

가면이 없으면 불안한 나로서는

언제나 나 자신으로 사는 줄 알았지만

가면이었다

즐겁다고 생각했지만

가면이었다

슬프다고 생각했지만

가면이었다

화난다고 생각했지만

가면이었다

가면이었다

가면이었다

지금 이 생각도 가면일지도

'척하다=안 하다+속이다'
척하는 것은
안 하는 것보다 나쁘다.

고건훈 2학년　　　남에게 보이려고 하는 '척하는 것'은 가장 한심한 행동이다. 하는 '척하는 것'은 남을 속이는 것이 아니라 자신을 속이는 것이기 때문이다.

김덕경 3학년　　　'척하는 것'은 요령을 찾는 것과 같다. 요령은 일시적인 문제 해결은 가능하지만 발전은 불가능하다. '척하는 것'은 자신의 발전을 방해하는 악마의 달콤한 속삭임이다.

이래민 1학년　　　머릿속에 담겨 계속 생각나는데 제대로 하지 않고, '척하는 것'은 자기 자신에게 고문을 가하는 것이다. '척하다'는 '나쁘다'는 말보다 '불쌍하다', '힘들겠다'라는 말과 더 어울린다. 타인이 그 사람을 비난하지 않아도 그 사람은 자기 자신을 고문하고 있기 때문이다.

이학선 2학년　　　'척하는 것'은 결국 감추고 속이는 것의 연속이다. 자신의 약한 모습을 다른 사람에게 들키지 않으려고 속이고 감추는 행위일 뿐이다. 다른 사람에게 걸리지 않았다는 안도감과 속였다는 쾌감은 언제 들통날지 모른다는 불안감과 초조함으로 이어진다. 그러므로 자기 자신을 속이지 말고, 다른 이에게 자신의 부족한 점을 내비치고, 나중에 떳떳하게 인정받을 수 있도록 노력해야 한다.

고관음 2학년　　　'척'하게 되는 이유는 무엇일까? 그것은 아마 두려움 때문이 아닐까 싶다. 혼나는 것이 두렵기 때문에 척을 하고, 남들보다 뒤처져 보이는 것이 두렵기 때문에 척을 한다. 따라서 '척하는 것'에서 벗어나 스스로를 발전시키기 위한 첫 번째 단계는 누구나 실패를 겪는다는 사실과 실패에 대한 두려움을 자각하는 것이다.

김민기 2학년   그저 '안 하는 것'뿐이라면 상대는 내가 하지 않았다는 것을 알 것이다. 하지만 하는 척하고 안 하는 것은 내 현실의 모습과 상대가 가진 나에 대한 이미지 사이에 괴리를 일으킨다. 그 괴리는 상대가 내 현실의 진짜 모습을 대면했을 때, 날카로운 칼이 되어 상대와의 관계에 상처를 입히게 된다.

'타인의 시선'은
'약'인가, '독'인가?

채건주 2학년   무인 가게에 달마다 범죄가 두 번씩 있었다고 한다. 그래서 가게 주인은 계산대에 사람의 눈 사진을 붙여 놓는 방법을 생각했다. 그랬더니 놀랍게도 그 이후로는 범죄가 없었다고 한다. 이처럼 사람들은 누군가의 시선이 있을 때, 없을 때보다 선한 행동을 한다.

김연동 1학년   비도덕적인 행동을 하려다가 타인의 시선 때문에 하지 않는다면, 이때 타인의 시선은 약이 된다. 한순간의 잘못된 판단을 바로 잡아 준 타인의 시선이 고마울 수도 있을 것이다. 그러나 타인의 시선 때문에 아는 척, 부자인 척, 즉 허세와 허영에 갇힌다면 나를 점점 잃어갈 것이다. 나를 잃지 말자. 타인의 시선에 당당한 사람이 되자.

황성욱 2학년   자존감이 낮은 사람은 부정적인 시선을 많이 받아서 긍정적인 시선조차 부정적으로 보기도 한다. 반면 자존감이 높은 사람은 긍정적인 시선을 주로 받아서 부정적인 시선도 이겨낼 수 있다. 이처럼 자존감이 높고 낮음에 따라 마음이 바뀌고 생각과 시선이 변할 수 있다.

몇 페이지예요? 며칠이에요?
이게 뭔 뜻이에요?
몰라서 물어봤는데요? 물어봐서 대답했는데요?
얘가 먼저 했는데요. 제가 안 했는데요.
화장실 가도 돼요? 왜요? 왜 안 돼요?
아, 어이없어…… 혼잣말 했는데요.

배태현 3학년   몇 페이지예요? 며칠이에요? (선생님 안녕하세요? 직접 인사하기가 저에게는 쑥스럽고 어색하네요.) 이게 뭔 뜻이에요? 몰라서 물어봤는데요? 물어봐서 대답했는데요? (저도 다른 아이들처럼 관심 받고 싶어요. 이럴 때는 어떻게 말하고 행동해야 할지 모르겠어요.) 얘가 먼저 했는데요. 제가 안 했는데요. (저도 감싸주시면 안 될까요? 괜히 저만 나쁜 사람된 것 같고 친구들이 안 좋게 보는 것이 무서워요.) 화장실 가도 돼요? (화장실이 급한 건 아닌데 자면 안 될 것 같고, 답답해서 잠깐 다녀와도 될까요?) 왜요? 왜 안 돼요? (저는 제 마음을 선생님께 다 설명하지 않았음에도 선생님께서 제 마음을 아실 거라고 생각하고 행동했어요.) 아, 어이없어…… 혼잣말 했는데요.(생각대로 안 되는 게 싫어서 충동적으로 그랬어요. 저도 제가 왜 이러는지 잘 모르겠어요. 죄송합니다.)

장명수 3학년   요즘 많은 청소년들은 자기 절제를 모르고, 충동적으로 행동한다. 사람들 앞에서 취해야 할 올바른 행동을 하지 않고, 아직도 어린아이처럼 자신이 하고 싶은 대로 하는, 성숙하지 못한 아이들이 많다. 자신의 행동을 고민하지 않고, 자신의 잘못을 인정하지 않고, 다른 사람의 충고를 숙지하지 않았기 때문이라고 생각한다. 그런데 이것은 청소년들만의 탓이 아니다. 인간에 대한 예의보다는 경쟁을, 대화를 통한 깨달음보다는 주입식 지식을, 타인에 대한 배려보다는 자신의 이익을, 상호보완보다는 이용 가치의 수단으로 세상과 사람을 인식하게 한 이 사회와 가정, 즉 어른들의 잘못도 있다.

006

남 탓으로
무엇을 얻을 수 있는가?

고관음 2학년　　　　자신을 속여 가며 남 탓을 하는 이유는 무엇인가? 답은 간단하다. 괴로워서 그렇다. 자신의 잘못을 인정하면 괴로워 버틸 수가 없는 것이다. 책임 전가는 일종의 '자기 위안' 행위이다. 그러나 역설적이게도, 사이코패스가 아니라면 '자기 위안' 행위는 행위자에게 또 다른 괴로움을 선사한다.

주세현 2학년　　　　'남 탓'으로, 자신은 잘못이 없다는 자기 합리화로 일시적으로는 안정감을 얻거나 불안과 죄책감에서 벗어날 수 있다. 자신이 잘못한 경우일수록 자기 합리화는 더욱 단단해서, 자신 이외의 다른 사람의 말은 스스로 필터링해 버리고, 자신은 잘못이 없다는 하나의 세계를 만들고, 스스로 그 세계에 갇히게 된다.

'자존심'이란 무엇이기에
그렇게 지키려고 애를 쓰는가?

홍순하 1학년　　　내 것을 지키고, 빼앗기지 않으려는 것이 자존심이다. 나의 영역에 누가 들어오면, 그 사람에게 화를 낸다. 나의 영역과 상대방의 영역이 부딪히면 서로가 서로를 굴복시키려고 애쓴다. 공성전하듯이 말이다. 굴복당한 자는 기분이 일그러지고 마음에 담아둔다. 사람에 따라 담아 두는 기간이 다르지만 담아 두는 동안에는 무척 괴로울 것이다. 내 것을 뺏겼다고 느끼니까 말이다.

이상현 2학년　　　자존심은 남에게 굽히지 아니하고, 자신의 품위를 스스로 지키는 마음인데, 이는 남에게 나 자신을 좋게 보라고 강요하는 마음과 같다. 남은 그렇게 보지 않는데 강요만 하니, 그러면 그럴수록 힘이 드는 것은 당연하다.

진선명 1학년　　　자존심 때문에 싸우는 사람들은 동물들의 서열 싸움처럼 그 싸움에서 지면 자신의 지위가 떨어진다고 생각하기 때문에 이기려고 애쓴다. 그런데 동물들은 싸움에서 이긴 동물을 더 높다고 생각하지만, 사람들은 자존심 싸움에서 이긴 사람을 좋게만 보지는 않는다. 오히려 자신을 낮추고 남을 올려 주는 사람을 훨씬 좋게 본다.

장준수 1학년　　　나의 자존심은 나와 함께한 이들의 자존심을 지켜줄 때 지킬 수 있다.

정의찬 1학년　　　자존심은 서로 우위를 차지하고 서열을 가리려는 경쟁적인 사회 분위기에서 나온 욕심이다. 그 욕심 때문에 서로를 깎아 내리고 무시하며 상처를 준다. 그러나 우리 모두가 서로 배려하며 평등과 공존이 살아 숨쉬는 아름다운 사회를 지향한다면, 자존심이라는 욕심도 물거품처럼 사라질 것이다.

008

나는 나! 열등한 사람이 있는가?
열등감이 있는 사람이 있는가?
열등감이 있는 사람이 열등한 사람인가?
열등감은 내가 만드는 것인가? 누가 주는 것인가?

유준철 2학년   전교 10등 안에 드는 누나는 집안의 자랑거리였다. 그런데 난 누나에 비해 보잘것없고 장점도 없으며 부모님의 속만 썩이고 있었다. 누나를 보는 눈빛이 나를 향하면 나를 찌르는 것 같았다. 그 눈빛이 너무나도 두려웠다. 그러던 어느 날 나는 알았다. 내가 열등하다고 느끼면, 스스로 나를 가두는 틀을 만들어 나의 상상력과 창의력을 가둔다는 것을. 지금까지의 나는 누가 만든 것이 아니라 내가 만들었다는 것을. 이제 난 두렵지 않다. 누가 나를 비교하고, 열등하다 해도 '나는 나'이고, '나'를 만드는 것은 '나'라는 것을 알기에.

배태현 3학년   거울을 보라. 나의 눈, 코, 입, 귀…… 나와 같은 사람은 없다. 눈을 감고 생각해 보라. 지금 하고 있는 생각은 나만이 할 수 있다. 뒤로 돌아 힘껏 달려 보라. 지금 내가 보고 있는 앞은 나만 볼 수 있고, 힘차게 움직이고 있는 팔과 다리는 나만이 움직일 수 있다. 이 모든 것은 누구도 아닌 나만이 할 수 있다. 열등감을 느끼는가? 거울을 보라.

남기훈 3학년   사람의 유전자는 모두 다르고, 살아가는 환경도 모두 제각각이기 때문에 사람은 모두 다를 수밖에 없다. 따라서 차이에 대해 배타적 태도를 취하는 것은 잘못된 일이다.

009

누구나 사랑하고,
사랑받고 싶어 하는데,
왜 많은 사람들이 그러지 못할까?

정호민 2학년   주위 사람들의 사랑을 공기처럼 느끼기 때문이다.

남기욱 2학년   OECD 국가들의 국민행복지수를 보면 우리나라는 하위 수준에 머물러 있다. 작은 나라에 태어나 유아 때부터 뛰어난 학업 성적을 강요당하다 보니 서로 사랑하며 사랑받기보다는 상대방을 쓰러뜨려야만 하는 적자생존의 삶이 몸에 배어 버렸다.

유준철 2학년   사람들은 사랑을 주고 사랑을 못 받을까 봐 너무나도 겁을 먹는다. 우린 사랑을 못 받는 게 무서워서 안 준다. 나부터 먼저 사랑을 주면 어떨까? 사랑을 주고 못 받는다 할지라도 주는 것만으로도 충분하다. 사랑은 남에게 헌신하고 남을 믿는 것으로부터 시작되는 것이다.

원동우 1학년   '나'를 사랑하기 때문이다. "난 너를 위해 뭐든지 할 수 있어."라는 말 뒤엔 "내가 다치지 않는다면" 이라는 조건이 따라온다. '나' 아닌 '너'를 생각할 때 진정한 사랑을 맛볼 수 있다.

스타를, 동물을 사랑하는가?
소비하는가?
나, 너, 우리는 사랑하는가?
경쟁하는가?

고가인 2학년 난 ○○○의 팬이다. 그런데 난 연예인 ○○○의 팬이지 인간 ○○○의 팬이 아니다. 직접 대면해서 말해 본 적도 없다. 텔레비전이나 스크린으로만 만나 봤을 뿐이다. 인형을 사랑하는 사람이 있나? 인형을 보고 박수치고 웃을 뿐이다.

이존필 3학년 우리는 스타를, 동물을 소비하는 것이다. 나를 사랑하는 마음이 가득 차서 다른 사람에게 나누어 줄 수 있을 때 사랑은 시작된다. 사랑은 외로운 사람 둘이 아니라 자신을 사랑하는 사람 둘이서 한다. 하지만 우리는 스타를 통해 외로움을 잊으려 하고, 동물을 통해 가슴의 빈 자리를 채우려 한다. 우리는 스타와 동물을 사랑하는 것이 아니라, 외로움 때문에 소비하는 것이다.

원동우 1학년 사랑하는 사이는 쌍방 통행, 소비하는 사이는 일방 통행. 스타를 소비하는 팬의 일방적인 관심, 동물을 소비하는 주인의 일방적인 관심. 자기가 일하고 싶을 때만 텔레비전에 나오는 스타, 자기가 기분 좋을 때만 산책하는 주인. 이것은 분명 사랑 아닌 소비.

백승헌 2학년 사람들은 자신의 행동을 포장함으로써 정당화시키는 경향이 있다. 그런 포장지 중 가장 많이 쓰이는 것이 '사랑'이다. 자신의 만족을 위해 소비하고 경쟁하는 것을 사랑이라고 포장하는 것은 위선이다.

011

어떻게,
친구와 오래 가까이
함께할 수 있을까?

원동우 1학년 　이상하고 신기하게도 친구에게 섭섭했던 일은 좀처럼 잊히지 않는데, 친구에게 고마웠던 일은 슬그머니 잊힌다. 또한 내가 친구에게 베풀었던 것은 오래 기억에 남는데, 상처 줬던 일은 쉽게 잊는다. 은혜는 기억하고 원망은 잊는 것. 이 정도면 충분하다. 고마운 일만 기억하고 살기에도 짧은 인생이다.

신연수 1학년 　서로 마음껏 놀 수 있고, 마음속 짐을 같이 들어 주는 사람을 친구라고 한다. 허나 요즘은 단순히 친구가 없어 보이는 것이 싫어서 '친구 아닌 친구'의 기분을 억지로 맞추어 주다가, 정작 일이 생기면, 제일 먼저 '내가 왜 도와줘야 되지?'라는 생각이 드는, '친구 아닌 친구' 사이가 많다.

유준철 2학년 　친구를 '나'처럼 생각하고, 잘못이 있으면 서로 지적하고, 즐거우면 서로 웃고, 힘들면 서로 위로하기만 해도 우리는 평생을 함께하며 추억을 나눌 수 있는 친구를 만들 수 있다.

최윤영 2학년 　친구에게 무언가를 바라지 말자. 친구는 그 자체로 좋은 것이다. 친구에게 무언가 바라는 순간부터 친구가 아니라 비즈니스 관계가 된다.

012

'0'과 '1' 사이에는
무한한 수가 존재한다.
'더'와 '덜', '나'와 '너', '오늘'과 '내일' 사이는?

안승근 2학년 　　　나와 네가 우정을 쌓을 수 있는, 나와 너 사이의 무한한 가능성. 오늘을 성찰하고 내일의 기회를 가질 수 있는, 오늘과 내일 사이의 무한한 희망. ∝(무한)은 세상에서 가장 희망적이고, 불완전한 기호이다.

장명수 3학년 　　　'0'과 '1' 사이에 있는 무한한 수와 다른 질문들의 차이는 '주관적'이라는 것이다. 나의 '더'와 타인의 '더', 나의 '덜'과 타인의 '덜'이 다르고, 나에겐 '내'가 '나'지만 타인에겐 '너'가 '나'인 것처럼 우리는 언제나 주관 속에서 살아가고 있다. 그렇기에 이 모든 것들 사이에는 우리가 가진 '주관'만큼이나 많은, 무한한 생각들이 존재한다.

이태우 3학년 　　　더와 덜 사이에는 무한한 욕망이, 너와 나 사이엔 무한한 아쉬움이, 오늘과 내일 사이엔 무한한 가능성이 존재한다.

나누리 2학년 　　　'나'와 '너'의 사이는 끊어져 있다. 하지만 서로를 위한 노력으로 '나'와 '너'는 '우리'가 되어 이어진다.

이종규 3학년 　　　'0'은 어떤 수를 곱해도 '0', 즉 자기 자신으로 만들어 버리고, '1'은 어떤 수를 곱해도 곱한 수 그대로를 만들어 버린다. 사람도 모든 걸 자기 중심적으로 만드는 '0'같은 사람과, 자신보다 남을 먼저 생각하는 '1'같은 사람이 있다. 나는 '1'같은 사람이고 싶다.

생각을 생각하자!

2

만남 속의 경쟁

013

아름답고 싶은가?
이기고 싶은가?
이기면 아름다워지는가?
아름다우면 이기는가?

최승현 1학년   우리들은 승리할 이유가 있다. 그러나 아름다움을 버리면서까지 이길 필요가 있을까? 그것은 절대 아니다. 우리들의 준비와 도전은 그 자체로 아름답다.

배태현 3학년   요즘 제 자신이 자랑스럽고 행복해요. 왜냐고요? 꿈을 찾았거든요. 제가 좋아하는 것, 제가 잘할 수 있는 것을 찾았어요. 보잘것없고, 돈을 잘 벌 수 있는 꿈이 아닐지도 모르지만 저는 제 꿈만 생각하면 가슴이 떨리고 설레요. 승자가 아름다운 것도 아니고, 아름답다고 해서 이기는 것도 아니에요. 자기의 꿈이 있다는 것이 아름다운 것이고, 여기에 이기고 지는 건 존재하지 않아요.

강기동 2학년   이기는 것과 아름다움은 상관이 없다. 아름다우면 이기는 것이 아니라 (지는 것도 아니고) 아름다움 그 자체로 아름다운 것이라 생각한다. 나는 아름답고 싶다.

원덕현 2학년   이겼을 때 얻는 한순간의 성취감은 아름다움이 아니라, 아름다움이라는 탈을 쓴 인간의 기쁜 감정이다. 승리는 진정한 아름다움을 위한 과정이고, 아름다움은 진정한 승리를 위한 과정이다.

김민기 2학년   이기든 지든 아름다움을 추구해야 한다. '승리'에 집착하는 사회일수록 아름다움을 찾아야 한다. 그것은 분명 힘들지만 값지다.

왜, 저만 떠든다고 혼내세요!
저도 조퇴시켜 주세요!
왜, 우리 반만 빵 안 사 주세요?
우리 반도 야영해요.
나만, 나도, 우리만, 우리도……

김동욱 1학년   이것은 이기심에서 나온 말이라고 생각한다. 상대방은 하는데 자신은 못 하니 좀 더 손해 보는 느낌이 들어서일 거다. 이러면 마음에 병을 심는 것과 같다. 신경 쓰지 않아도 되는 일에 괜히 마음을 두고 손해봤다고 하니 말이다. 이런 곳이 아니라 우리를 발전시킬 수 있는 곳에 마음을 두면 더 행복한 인생을 살 수 있을 것이다.

오준석 1학년   "~는 ~했는데, 우리는 왜~ 안 해요? 불공평해요."라고 말하는 듯하지만, 사실은 자신이 이득을 보지 못했음을 탓하는 것이다.

김수찬 1학년   "왜 하필 나야?", "왜 나는 이렇게 태어난 거야?", "왜 난 다른 애들보다 못한 거야?" 등등. 이렇게 '왜?'라며 불만들을 호소하는 사람들은 이것이 자신들의 피해의식으로부터 비롯된 것이라는 사실을 깨닫지 못한다. 불만족, 시기심, 열등감 같은 피해의식은 우리의 성장을 가로막아 정신적 미성년자로 머물게 한다.

015

비교는 불행,
비방은 비참,
행복은?

강기동 2학년　　　비교와 비방은 남을 시기 질투하는 부정적인 생각이다. 우리가 불행을 면하고, 불행과 가장 대조적인 감정을 갖기 위해서는 괴롭고 힘든 상황에서도 그 상황을 긍정적으로 볼 줄 알아야 한다. 상황을 바꾸는 것은 생각이고 기분을 변화시키는 것도 생각이다. 행복은 긍정적인 생각이고, 긍정적인 생각이 행복이다.

김범수 2학년　　　비교는 남들의 장점을 자신의 단점과 연관 지으면서 행해지는 경우가 대부분이다. 이런 비교가 이어지면 자신을 약자, 루저, 불행한 사람 등으로 여기게 된다. 이렇게 우울과 낙담에 빠져 사는 사람은 남들을 비방하고 욕하며 억지를 부려 그 사람도 자신과 같은 절망으로 이끌려고 하지만, 비방을 하고 난 후에는 자신이 더욱 비참해 보인다. 그러면 또다시 남들을 비방하는 악순환이 일어난다. 따라서 행복을 위해서는 나와 남의 다름을 이해하고, 인정하는 태도가 필요하다.

남기훈 3학년　　　비방은 비교의 결과로 나타난다. 대상이 나보다 전반적으로 못하다고 비교하면 비방은 잘 일어나지 않고, 비교 대상이 나보다 여러 모로 우위에 있지만 한 가지라도 못한 점이 있을 때, 그 못한 점에 대해 비방을 한다. 이는 피해의식의 산물이고, 피해의식은 자기 스스로를 불신하게 만든다. 비방과 비교를 통해서 인간은 행복에 이르기 어렵다. 자기를 믿어야 행복에 이를 수 있다.

016

선생님! 얘 수업시간에 빵 먹어요.
얘 핸드폰 안 냈어요. 선생님!
얘 책 없어요, 선생님!
선생님! 얘 다른 과목 공부해요.
선생님! 선생님! 얘 낙서해요.
벌점 주세요!!!

장정현 1학년   고자질당하는 사람은 고자질하는 사람에게 거슬리거나 만만한 상대이다. 약자만을 집요하게 물고 늘어진다면 고자질은 또 하나의 학교 폭력이다. 고자질당한 사람은 자신이 처벌받는 모습을 보며 희열을 느끼는 상대를 보고 매우 고통스러워할 것이다.

김영욱 2학년   이런 행동은 친구 사이 또는 친구가 될 수도 있는 사이를 말끔히 없애 버린다.

박찬희 2학년   우리는 관심과 사랑을 얻기 위해 남을 깎아 내린다. 스스로를 빛내기 위해 남을 깎아 내리는 것은 어리석은 짓이다.

류정현 1학년   학생들은 어렸을 때부터 경쟁에 노출되어 있다. 그래서 나름대로 경쟁에서 이기는 방법을 각자 터득하였다. 어떤 학생들은 자신을 발전시켜 경쟁 체제에서 살아남으려 하지만, 어떤 학생들은 남을 깎아 내려 자신보다 낮은 위치에 놓으려 한다. 그러나 그들에게 잘못되었다고 이야기해 주는 사람은 몇 안 된다. 대부분은 경쟁의 과정보다는 결과를 중요시하고, '승리'만이 모든 것을 해결해 준다고 알려 준다.

나의 디스dis는
너의 디스를 부르고,
나와 너는 디스에 포위되어
'친구'라 쓰고 'XX'라 읽는다.

이성진 1학년　　　내가 랩을 한다. dis 널 향한 가시박혀 있는 말. this, 그냥 너를 가리키는 말, dis is 비난, 비난 is 싸움, 싸움 is go to the 경찰서~ 자존심을 내세워 욕을 하지. 다른 애들의 공공의 적이 되지. 끝없는 싸움, 수업시간 종이 치지. 그리고 선생님이 들어와야 혼날까 봐 앉지. 하지만 수업시간에도 계속 째려보지, 시비 걸지, 그리고 또 화내지, 이젠 패드립을 치지. 참다 못한 어떤 애가 주먹을 휘두르지.

조성준 2학년　　　오가는 거친 말이 서로의 상처를 부르고, 서로에게 아픔을 입힌다. 점점 거칠어지는데, 점점 더 상처가 깊어지는데, 정작 더 무서운 건 그 상처조차 아물지 않은 채, 잊혀진 채 살아가는 것이다. 너의 쉴 틈 없는 디스에 나의 입 또한 쉴 틈 없이 맞받아친다. 서로에 대한 감정은 메마른 채, 우정이란 거짓말로 둔갑한 이름 대신 불러 주는 XX. 자아 존중의 실종, 오늘도 너와 나는 집에 갈 때까지 쉬지 않는다. 언제 끝날지도 모른 채.

이학선 2학년　　　'디스', 이것은 이 사회에서 없어져야 하는 인간이 만들어낸 가장 무서운 장난감이다.

황남경 2학년　　　상대방을 디스하면서 친해지고, 우정을 쌓아간다는 생각을 하며 살지만, 나쁜 말은 기억에 남기 마련이다. 언젠가는 작은 디스가 친구 간의 큰 벽을 만들 수 있다. 모두들 알면서도 자신의 위상을 조금이나마 드높이려 더 강한 말을 쓰고 험담을 한다.

018

나만 아니면 돼?

원덕현 2학년　　따돌림은 우리가 고쳐야 할 심각한 문제들 중 하나이다. 가해자 학생은 비난받아 마땅하다. 하지만 나는 모든 책임이 가해자에게만 있다고 생각하지 않는다. 방관자의 책임도 크다. 방관자는 '나만 아니면 돼'라는 생각으로 피해자가 당하는 모습을 보고도 도와주지 않고, '내가 피해를 주는 건 아니잖아.'라는 생각으로 죄책감에서 벗어나려 했을 것이다. 그러나 이러한 행동들은 가해자의 행동 못지않게 피해자에게 고통을 준다. 또한 '나만 아니면 돼.'라는 방관자들의 생각은 부메랑이 되어 언젠가 자신에게 고통을 줄 것이다.

배태현 3학년　　어느 날 하늘에서 '시련'이라는 운석이 떨어진다. 사람들은 자신이 운석에 맞지 않기 위해 '나만 아니면 돼.'라는 벽 뒤에 숨는다. 모두가 벽을 세우고 있기에 그 운석은 서로의 벽에 튕기고 튀어 오른다. 사람들은 불안해한다. '언제 저 운석이 멈추지? 무서워, 누가 대신 맞아 주면 안 되나?'라고 생각할 뿐 사람들은 꿈쩍도 안 한다. 한참 후, 한 사람이 용기를 내어 벽을 치운다. 그리고 운석을 향해 팔을 벌린다. 벽을 세우고 있던 사람들은 그 사람을 보고 벽을 내린다. 그 사람과 함께 운석을 향해 팔을 벌린다. '시련'이라는 운석이 사람들에게 떨어진다. 모두의 팔이 운석을 막아 낸다. 운석은 움직임을 멈춘다.

019

'자랑' 속에 '무시' 있고,
무시는 '화'를 부르고,
화는 '관계'를 깨뜨린다.

이진환 3학년　　　　친구의 자랑에 칭찬해 주려는 좋은 마음이 나도 모르게 시기심, 질투심, 열등감으로 바뀌면, 내 자신의 모습에 이질감이 든다. 친구 앞에서는 좋은 모습만 보여 주고, 뒤에서 낙담하거나 씹어 대는 나를 보면 부끄럽다. 부끄러워, 나를 키우려고 하지 않고, 피하려고만 한다.

김연동 1학년　　　　벼는 익을수록 고개를 숙이고, 빈 깡통은 요란한 소리를 낸다. 자랑을 일삼는 사람들은 열등감이 많고 자존감이 낮은 사람들이다. 가만히 있으면 아무도 자신을 인정해 주지 않는다고 생각해서 몸부림치는 사람들이다. 나 또한 누군가에게 은연중 화를 부르고, 관계를 깨뜨리는 '자랑질'을 하고 있지 않은지 나를 돌아본다.

채건주 2학년　　　　내가 아닌 '타인'을 자랑하면, 그 속엔 칭찬이 있고, 칭찬은 기분을 좋게 만든다. 기분이 좋으면 관계도 좋아진다. 자기 자신을 칭찬하면 관계가 악화되지만, 다른 사람을 칭찬하면 관계가 좋아진다.

황세민 1학년　　　　자신의 장점은 언젠가 남들도 알게 된다. 굳이 자랑하지 않아도 말이다. 그러니 항상 겸손하게 살자. 최고의 자랑은 겸손이다.

정해환 2학년
마음 속 깊숙이 자리를 잡은
나를 사랑한단 말로 포장이 된
남보단 내가 더, 네 것보단 내 것이
소중하고 존중받아야 한다는 그 생각은

나를 나만 바라보고 살게 만들었고

나를 지탱해 주던 그 많은 버팀목들이

언제부턴가 그저 귀찮은 짐짝처럼 느껴질 때

소중한 사람들이 나를 떠나갈 때도

나는 계속 앞으로 달려 나갔지만

마침내 지쳐 버려 주위를 둘러보자

텅 빈 공간 속에 나는 홀로 남겨져 있었다

020

도착 가능성을
예측하여
갈지 말지를 결정하면
갈 길이 없다.

박성준 1학년 　안전한 길만 가려는 사람에게는 갈 길이 없다. 미래는 특별한 것이 아니라 지금이 모여 만들어지는 것이다. 지금 놓인 길을 멋지게 걷다 보면 앞으로의 길도 계속 멋질 것이다.

채건주 2학년 　내 바로 앞길만 보고 가다가, 쉬고 싶을 때 뒤를 돌아보면 내가 올라온 길이 보인다. 그 뿌듯함에 힘든 것도 잊고 다시 한 걸음을 떼는 것이다. 이처럼 내 앞을 봐야지 먼 목표를 보면 지친다.

박주혁 2학년 　인생은 선택의 연속인데, 다행인 것은 선택이 모두 저마다의 결과를 가지고 있다는 것이다. 선택이 틀렸다고 생각하면 결과를 통해 피드백을 얻고 경험을 쌓을 수 있다. 선택에 영향을 미치는 것은 성공 확률이 아니라 바로 이 경험이어야 한다.

백윤재 1학년 　미래를 예측하지 못하면 두려움에 휩싸이는 우리의 불치병은 우리를 출발도 못 하게 한다. 허나 일단 출발하면 원했던 곳이 아닐지라도 우리는 어딘가에 도달해 간다. 그 과정에서 우리가 가고자 하는 곳이 바뀔 수도 있다. 도착 가능성을 따지며 고민하지 말자. 출발하지 않으면 끝없는 딜레마에 빠지지만, 일단 출발하면 어딘가에 도달한다.

김찬영 2학년 　후회 없는 선택을 하기 위해서는 신중하게 생각해 봐야 한다. '생각하다'는 '망설이다'와 다르다. '망설이다'는 어떻게 해야 할지 두려워하는 것이고, '생각하다'는 앞으로 나아가기 위해 잠시 멈추면서 나아가는 것이다. 우리는 망설이지 말고 생각해야 한다.

조성우 2학년   모든 길의 끝은 있다. 어떻게 가느냐에 따라 길의 끝이 다를 뿐이다. 그러니 도착 가능성을 생각하지 말고 이 길을 어떻게 갈 것인가를 생각하자.

정이삭 1학년   태어나서 살아가는 것이 걷는 것이다. 우리는 계속 걷고 있기에 걷다 보면 어딘가 도착할 것이다.

021

무시
오해
배려
인정
사랑
존경

김현도 2학년   나는 글자에도 보이지 않는 힘이 있다고 생각한다. '사랑'이라는 글자를 보면 괜히 힘이 나고 온몸이 따뜻해진다. 반대로 '무시'라는 단어를 보면 왠지 짜증이 나고 힘이 빠진다.

김상준 1학년   학생식당에서 급식을 받기 위해 기다리는 중이었다. 급식을 받기 전에 식판과 숟가락, 젓가락을 받아야 했는데 식판이 모자랐다. 나는 다른 배식줄에서 내 식판만 갖고 왔다. 그러나 뒤에 있는 어떤 학생은 달랐다. 자기 식판과 더불어 다른 식판까지 탑처럼 쌓아 가져 왔다. 시끄럽고 혼잡한 식당에서 다른 사람을 생각한 것이다. 그에 대한 존경심이 생겼다.

정해환 2학년   우리는 사랑받고, 인정받고, 존경받고 싶다. 하지만 우리는 쉽게 다른 이들을 무시하고 시기해 왔다. 누군가는 나에게 얼마나 상처를 받았을까? 또 얼마나 억울하고 속상했을까? 내가 던진 비수는 다른 이들의 몸에 아프게 박혀서 다시 나를 찌르는 칼날이 되었다. 우리가 얻고 싶어 하는 것들은, 다른 이들을 밟고 올라설 때가 아니라, 그들을 이해하고 배려할 때, 비로소 우리에게 온다.

박준규 2학년   사람은 오해의 동물이다. 사람은 오감으로만 누군가를 혹은 어떤 상황을 판단한다. 그러한 과정에서 수많은 오해가 생긴다. 이를 테면 바쁜 상황에 놓인 사람이 가장 친한 친구의 인사를 무시할 때, 또는 섭섭한 말을 했을 때, 그 사람의 진심이 무엇이었던 간에 듣거나 보는 사람마다 이해하고 해석하는 것이 다르다. 모든 사람들의 생각이 다르고 이해하는 방식이 다르기 때문에 오해를 낳게 되고, 그 오해는 사람 간의 거리를 멀어지게 한다.

022

화는 내가 내는 것인가?
타인 때문에 나는 것인가?
타인의 실수나 잘못은
나의 화를 정당화하는가?

원동우 1학년   '용서'라는 말은 타인에게 면죄부를 주는 것도, 타인의 실수나 잘못을 정당화해 주는 것도 아니다. '용서'는 그리스 어로 '놓아 버리다'라는 뜻을 가지고 있다고 한다. 타인에 대한 분노와 질투로 자기 자신을 이기지 못하고 과거에만 집착하고 나아가지 못하는 건 자신을 위한 일이 아니다. '나'를 위해서 용서하자. 과거의 '나'를 놓아 버리자.

김기혁 2학년   화를 내는 모든 사람들의 이야기를 들어 보면 항상 누군가가 잘못을 했기에 화를 내었다고 자신을 정당화한다. 하지만 그것은 어리석은 짓이다. 한 번쯤, 화가 났을 때 잠시 화를 참고 곰곰이 생각해 보면 화가 수그러든다. 화는 자기 스스로 통제할 수 있는 감정이다.

김정흠 2학년   다이너마이트는 심지에 불이 붙으면 터지지만, 양초는 심지에 불이 붙어도 터지지 않는다. 타인의 실수나 잘못은 심지에 붙은 불일 뿐이다. 터지느냐, 안 터지느냐는 자신에게 달려 있다.

023

혐오 공감 비평 여유 야유

김종일 2학년　　　어른들이 말하는 좋은 대학과 직업이라는 미래가 내게 강요되고 있다. 노래 듣기를 좋아하는 내가 '작곡가가 되겠어요', 혹은 '가수가 되겠어요'라고 한다면 나는 집에서 쫓겨날지도 모른다. 가수와 작곡가는 불확실한 미래이기 때문이다. 그렇기에 나는 미래에 구속되어 있다.

김영현 2학년　　　미래를 위해선 나의 현재는 구속, 아니 절제되어야 한다. 절제된 봉오리가 훗날에 보다 아름다운 꽃을 피우고, 절제된 야수들이 먹잇감을 현명하게 낚아챌 수 있다. '현재'라는 필름이 모여서 '미래'라는 영화가 탄생한다. 필름에 담겨 있는 내가 했던 모든 일들을 보면서 나 자신에게 잘했다고 다독여 줄 수만 있다면, 얼마나 축복받은 인생인가?

김영운 2학년　　　불확실한 미래 때문인지 고2가 돼서는 스마트폰을 2G폰으로 바꾸고 공부를 했다. 미래에 대한 두려움이 오늘의 나를 공부하도록 구속했다. 현재의 행동 하나하나가 미래를 바꿀 것이라는 믿음과 두려움 속에 오늘도 무작정 공부를 한다.

김지욱 2학년　　　우리에겐 현재밖에 없다. 단지, 추억과 바람이 있을 뿐, 과거와 미래는 없다.

025

내 행위의 결과는,
나의 미래는
예상, 예측, 예언하는 것이 아니라,
만드는 것이다.

고건훈 2학년   타로 카드, 오늘의 운세, 점…… 사람들은 자신의 미래를 알아 내려고 부단히도 애쓴다. 그러나 한 치 앞도 내다볼 수 없는 것이 우리 인생이다. 미신 같은 것들은 사람들의 불안감 속에 잠식하는 거짓이다. 직접 부딪쳐 보기 전에는 아무도 미래를 알 수 없다. 나의 미래를 만드는 것은 미신이 아니라 나 자신이다.

김덕경 3학년   "정말로 열심히 해서 꼭 장학금 타야지." "어차피 안 되는데 한다고 뭐가 달라지나?" 말은 씨가 된다. 그 씨를 자라게 하는 것은 우리의 행동이다. 우리는 예언을 하고, 그 예언이 진실이 되도록 만들어 간다.

원동우 1학년   나의 미래가 뭔지 모르지만 세상을 바꾸고 싶다. 나의 생각이, 행동이 바뀌고 변하면 그 순간부터 세상은 달라 보인다. 사는 대로 생각하지 않고, 생각대로 나는 살고 싶다.

026

고등학생에게 치명적인,
수습 불가능한 실패가 있는가?
왜 실패가 두려워 포기하는가?
포기는 빠를수록 좋은가?

나성균 1학년   수습 불가능한 실패는 실패할까 봐 피해서 생긴 실패이다. 노력하고 실패하면, 실패는 성공의 씨앗이 될 수 있다.

김수찬 1학년   우리 사회는 성공의 기준을 정해 두고, 거기에서 벗어나거나 집중하지 않으면 낙오자의 굴레를 씌우는 데 익숙하기 때문에 자신의 재능이나 꿈과 행복보단 사회에서 정해 둔 기준에 맞추어야 '낙오자'가 되지 않을 수 있다. 고등학생들은 바로 이 '낙오자'가 되는 것을 두려워한다.

고관음 2학년   '절대 포기할 수 없는 어떤 것을 위해서'라는 조건 하에서 포기는 빠를수록 좋다. 또한 자신이 어떤 것을 포기함에 있어서, 포기하는 이유를 명확히 인식하며, 그것이 올바른 방향이라는 확신을 가질 때는 포기를 하는 것이 문제될 게 없다.

오준석 1학년   우리는 실패를 두려워하기보다는 뒤처짐을 두려워합니다. 사실 수능 좀 망쳐서 재수, 삼수 해서 대학 좀 늦게 간다고 인생 망하는 게 아니거든요. 성공한 사람들을 보면 사회적 통과의례에는 조금 뒤처진 사람이 많습니다. 앞 사람이 넘어지면 '아~싸' 하고 앞질러가지 않고, 손잡고 일으켜 준다면 보다 아름다운 사회가 되지 않을까요?

027

결과는 승부를 만들고,
과정은 나의 멘탈을 만들고,
멘탈은 나의 인생을 만든다.

유경훈 1학년   인간은 말한다. '과정이 더 중요할 수 있다.' 사회는 말한다. '결과만이 기억될 뿐이다.'

남기훈 3학년   결과에 연연하는 사람들은 과정을 통해 형성된 정신마저 스스로 깨뜨릴지도 모른다. 기대한 만큼 딱딱 떨어지는 결과를 얻기는 어렵다. 그러니 결과에 만족하고, 과정에 의미를 두려는 방식으로 자기 보상을 하는 것도 나쁘지 않다고 생각한다.

최성민 1학년   과정을 알아야 결과가 참된지 그릇된지 알 수 있다. 경쟁이 일반화되고 심화된 우리 한국 사회에서 과정보다는 결과를 더 중시하는 경우가 대부분이긴 하지만, 나는 오히려 이 때문에 결과의 토대가 되는 과정이 더 중요하다고 생각한다.

조범주 2학년   결과는 그저 승자와 패자를 가려 내는 것에 불과한 반면, 과정은 내 인생에서 실수, 오류를 일으키지 않도록 해 주는 도구이다. 과정에서 내가 무엇을 잘못했는지 분석하여 그것을 고치고, 잘한 일이 있으면 그것대로 계속하면 된다. 뿐만 아니라 과정에서 얻은 교훈, 즉 깨달음이 나의 멘탈을 한 단계 더 성숙하게 만든다. 그리고 그 성숙이 올바른 나의 인생을 만들어 줄 것이다.

3

경쟁 속의 욕망

028

경쟁은 삶의 수단이고,
행복은 삶의 목적인가?

박건우 2학년   요즘은 생존하기 위해 위험을 무릅쓰고 경쟁한다. 삶의 목적이나 이유 따위는 신경 쓸 겨를도 없이 경쟁한다. 동물의 삶과 비슷하다.

강신규 2학년   인간은 생존하기 위해 경쟁하고 있다. 그런데 생존을 위해 경쟁하는 것이 옳은가? 서로 도우며 살 수는 없는가? 서로 돕고 살며 계층 간 갈등이 없는 그런 세계에서 살고 싶다.

진선명 1학년   사람들은 경쟁에서 남들보다 한 발자국이라도 앞서려 한다. 하지만 자신의 삶의 목적을 생각하지 않고 그렇게 앞서려고만 하면, 결국 도착한 곳은 자신의 생각과는 다른, 엉뚱한 곳일지도 모른다.

김기석 2학년   사람들에게 어떤 삶을 살고 싶으냐고 물어보면 다들 '행복한 삶'이라고 입을 모아 말한다. 어떤 삶이 행복한 삶이냐고 물으면, 좋은 대학을 가서 좋은 직장을 얻고, 돈 많이 벌어서 집도 사고, 결혼하고 아이들 낳고 오손도손 사는 것이라고 대답한다. 이런 삶이 틀렸다고는 말할 수 없지만 이런 것들만이 목적이 되는 삶은 너무나 갑갑하다.

엄정현 2학년   내가 살아가는 목표는, 미래의 행복을 위해 현재의 삶을 포기하지 않고 사는 것이다.

장진웅 2학년   우리 삶의 목적은 나 자신을 알아가는 것이다.

이정욱 1학년   내가 생각하는 삶의 목적은 '어울림'인 것 같다. 외로움보다 시리고 차가운 물질은 이 세상엔 없다.

양희성 1학년   우리 삶의 목적은 남과 다른 삶을 사는 것이 아닐까?

김이삭 3학년   많은 사람들이 목적을 이루지 못하고 죽는다. 나의 목적은 목적을 이루지 못한 사람들에게 희망을 품을 수 있게 해 주는 것이다.

황세민 1학년   지금 우리 사회는 현재의 행복은 못 느끼고 미래의 행복만을 바라보며 산다. 즉 우리는 행복하기 위한, 수단으로써 삶을 살기 때문에 진정 행복하게 산 시간은 얼마 되지 않는다. 이해관계들로 가득 찬 이 세상에서 나는 행복하기 위해 사는 사람이 아닌, 행복하게 사는 사람이 되고 싶다.

이기려고 노력하다가
다친다.
다치니
아프다.

이종명 1학년　　　우리는 어릴 때부터 이겨야 한다는 교육을 받았다. 이기지 못하면 남들 위에 서는 기회가 줄어든다고 말이다. 그래서 우리는 이겨야 한다는 관념에 사로잡히게 되었고, 이기기 위해서 노력했다. 하지만 승자만 있을 수는 없다. 많은 이들이 패배하였고, 그들에게 돌아오는 것은 책망과 질책뿐이었다. 이런 일이 반복되니 의욕을 잃고 노력하지 않게 되었다. 언제까지 우리는 다치고 아파야 하는가?

박준혁 1학년　　　노력하다가 다쳤다. 아파서 주저앉으니 머릿속에서 오만가지 생각들이 떠오른다. 정말 이게 옳은 것인가? 이렇게 다치면서까지 경쟁하는 것이 의미가 있는가? 주위를 둘러본다. 이 길을 달리는 수많은 사람들이 보인다. 어느새 뒤를 돌아보니 출발점이 까마득히 멀다. '아, 이만큼 달려왔구나. 이렇게 다칠지언정, 내 노력이 여기까지 날 이끌었구나.'라는 생각과 함께 다시 달려간다. 자신의 길을 일궈 나가는 것에 자부심을 가진 채.

성현석 1학년　　　이기려고 생각하지 않고 같이 노력해도 과연 아플까? 아마 아프지 않을 것이다. 협동과 화합은 경쟁에 지친 우리를 치료하는 약이다. 아프니까 청춘이 아니라, 힘을 뭉쳐 아픔을 극복하는 것이 청춘이다.

김기석 2학년　　　어느 누구도 넘어져서 다치길 원하지 않는다. 그러므로 우리는 서로가 서로를 부축해 주는 달리기를 해야 한다. 넘어진 사람을 보면 도와주고, 넘어졌을 땐 자연스럽게 다른 사람의 손을 잡을 수 있는, 그런 달리기 문화가 만들어져야 한다. 모두가 함께 나아가는 세상이 만들어져야 한다.

이지태 2학년　　　이겨야 한다는 생각이 우리의 눈을 어둡게 만든다. 이기는 것
보다 중요한 많은 것들을 향해 눈을 밝게 뜰 수 있으면 좋겠다.

030

결핍은 갈망,
소유는 싫증!
욕망이 나를 지배하는가?
내가 욕망을 지배하는가?

원동우 1학년   욕망은 마치 안경 같다. 나는 안경을 보지 않지만 안경은 내 코 위에 놓여 있다. 이처럼 내 욕망은 나도 모르게 세상을 보는 내 눈을 지배하고 있다.

조현 2학년   욕망은 삶의 일부다. 욕망을 지배하려고 노력하기보다는 어떤 욕망을 가질지를 고민하는 것이 더 현명하다.

유준철 2학년   욕망은 우리의 내면에 기르는 가축이다. 돌보고 예뻐해 주면 주인을 위해 일하지만, 보살피지 않으면 먹이를 찾아 내 울타리를 넘어 끝없이 떠돌아다니다가 결국 자신을 해치기 때문이다.

남기훈 3학년   욕망은 감정을 낳고, 감정은 사람을 지배한다. 감정에 지배당한 사람은 감정이 자신을 지배한다는 것을 생각하지도, 이해하지도 못한 채 감정의 대리인이 되어 감정이 시키는 말과 행동을 한다. 결핍일 때는 감정의 대리인으로서 소유하려 하고, 소유했을 때에는 감정의 대리인으로서 싫증을 내곤 한다. 감정의 대리인으로 살아가다간 나를 잃어버리게 된다.

정재우 2학년   배고프지 않으면 먹는 행복이 없다. 돈이 필요 없으면 돈 버는 만족감이 없고, 사랑이 아쉽지 않으면 사귀는 기쁨이 없다. 이처럼 행복이란 결핍이 있어야 존재할 수 있다.

031

"버려야 얻는다."
무엇을 버릴 때,
무엇을 얻을 수 있는가?

장광재 1학년　　정말로 막막할 때, 앞이 캄캄해서 무엇을 해야 할지 모를 때, '내 자신'을 버려 보아라. 나의 신념, 편견, 자존심이 만든 벽이 사라지면서 새로운 세상을 보게 될 것이다.

박상혁 1학년　　욕심이나 탐욕을 버릴 때, 편협한 시각에서 벗어나 좀 더 넓은 시각으로 세상을 바라볼 수 있다. 이때 우린 공정하고 의로운 삶을 살 수 있다.

김수찬 1학년　　대부분의 사람들은 무언가를 버린다고 할 때, 좋지 않은 것들만 버려야 한다고 생각한다. 하지만 "나무는 꽃을 버려야 열매를 맺고, 강물은 강을 버려야 바다에 이른다."라는 말처럼 우리는 더 성장하기 위해서 때로는 소중한 것들을 버려야 할 필요가 있다.

하준범 1학년　　우리 마음 속에 '소유'라는 그릇이 있다면, 그 그릇을 비울 때 그릇을 닦을 수 있고, 새로운 것을 담을 수 있다. 이처럼 물질적인 것은 나와 인연이 닿아 잠깐 내 곁에 있다가 가 버리는 것이다. 결국은 '무'로 시작해 '무'로 끝난다.

032

'경쟁'으로 무엇을 얻고,
무엇을 잃었는가?
잃은 것보다
가치 있는 것을 얻었는가?

장도원 1학년　　나는 일등이 되고 싶었다. 나를 바짝 추격하는 사람들을 뿌리치기 위해 애썼다. 나에게 도움의 손길을 요청하는 사람을 보아도 뿌리쳤다. 나보다 앞서 나간 이들을 추월하기 위해 애썼다. 그리고 나는 일등이 되었다. 하지만, 이젠 내게 길을 알려 줄 사람이 없다. 내가 넘어졌을 때, 일으켜 줄 사람이 없다. 나는 일등을 얻었고, 사람을 잃었다.

임채준 2학년　　경쟁으로 경계심, 이기심, 우월감, 열등감, 상처를 얻고, 인간성을 잃었다.

박정헌 2학년　　경쟁은 그 과정에서 자신의 한계를 최대치까지 끌어올릴 수 있을 뿐만 아니라 한층 더 자신을 성장시키는 계기가 되기도 한다. 하지만 선의의 경쟁을 펼쳐야 함에도 불구하고 수단과 방법을 가리지 않고 승부에만 몰두한다면 분명 잃는 것이 더 많을 것이다. 경쟁은 어디까지나 선을 지키며 해야 한다. 과해지면 전부 잃을 수 있다.

033

내가 소유주임을 법으로 인정받아도
누군가 훔쳐갈 수 있는 내 것과
법으로 인정받지 못 해도 내 것이고
누구도 훔쳐갈 수 없는 내 것 중에서
어느 것이 더 소중한가?

김기혁 2학년   이 세상에는 스스로에게 소중한 것들이 많다. 만약 자신이 아끼는 전자기기나 큰돈을 잃어버렸다면 그 순간의 상실감은 매우 클 것이다. 그렇지만 친구나 가족이 갑자기 사라졌다고 생각해 보자. 그 상실감은 이루 말할 수 없을 정도로 사람을 미치게 만들 것이다. 우리는 매일 물질적인 것을 추구하며 사는데, 그렇게 할 수 있는 것은 누구도 훔쳐갈 수 없는 친구, 가족이 있기 때문이다.

장명수 3학년   사람은 누구나 사랑을 한다. 그 대상은 타인이 될 수도 있고 자신이 될 수도 있다. 이성이 될 수도 있고 동성이 될 수도 있으며 사람이 아닐 수도 있다. 내게 엄청난 돈과 명예가 있어도 사랑하는 사람과 사랑할 수 있는 것보다 더 소중할까?

백승헌 2학년   너무 바쁘고, 지치고, 상처받은 현대인들을 힐링시켜 주는 것이 많은 돈, 비싼 차, 예쁜 옷 같은 것일까? 아니다. 그들이 진심으로 원하는 것은 사랑하는 사람들과 같이 지낼 수 있는 시간과, 기쁠 땐 환하게 웃고 슬플 땐 맘 편히 울고 지루할 땐 마음껏 하품을 할 수 있는 것이다. 아무리 법으로 보장된 것들이 많아도 이런 것들이 없다면 행복하겠는가?

034

내가 소유한 것들은
나에게 아무 짓도 하지 않는다.
'소유' 그 자체가 기쁨일까?
나의 소유에 대한 타인의 '부러움'이 기쁨일까?

박찬희 2학년 　　　인간은 소유하고 싶어한다. 차, 집, 돈, 명예…… 이런 것과 더불어 꼭 소유하고 싶어하는 것이 있는데, '사랑'이다. 내 생각엔, 물질을 소유함으로 인해 타인들이 그를 부러워하고 따르게 되면, 그는 타인들이 자신을 사랑한다고 착각하는 것 같다. 그래서 소유를 기쁨이라고 하는 걸까. 하지만 진정한 사랑을 소유하고 있는 자는 다른 소유에 집착하지 않는다. 사랑만으로 마음을 다 채우기 때문이다.

조우영 2학년 　　　우리가 소유해야 하고, 잊어서는 안 되는 것은 '꿈' 밖에 없는 것 같다.

장광재 1학년 　　　우리나라 사람들은 남들의 시선을 두려워한다. 그 두려움을 피하기 위해, 시선을 부러움으로 바꾸기 위해, 겉모습을 더욱더 치장한다.

김이삭 2학년 　　　남과 비교해서 우월한 것이 아닌, 나의 목표를 달성한 것에 만족하고 사는 것이 진짜 기쁜 것이다.

박민수 1학년 　　　소유는 욕심에서, 욕심은 질투에서 나온다. 타인이 내가 가진 것보다 좋은 것을 가지고 있을 때, 우리는 그것을 질투한다. 그리고 그것을 소유함으로써 질투를 해소하고, 그것에 대한 기쁨을 우월감으로 포장해 나간다. 하지만 이는 나의 공허함을 더욱 키울 뿐이다.

035

남의 떡은
왜
커 보이는가?

정지호 2학년   이런 시기심은 남들보다 좋은 것을 갖고, 높은 곳에 올라가고 싶은 욕망에서 시작된다.

이지태 2학년   가면 속 드러나지 않은 모습은 흥미를 자극하고, 그 속을 들여다보고 싶도록 만든다. 남의 떡 또한 그렇다. 이미 그 맛을, 감촉을, 부드러움을 맛본 내 손안의 떡보다 알지 못하는 남의 떡이 흥미를 유발한다. 그렇지만 달콤함은 잠시다. 함부로 남의 떡을 탐했다간 손안의 떡이 외면하는 것은 물론 떡이 목에 막혀 체하기 일쑤며, 떡 주인에게도 미움을 받게 된다.

정해환 2학년   남의 떡이 커 보인다면 그것은 질투이고, 내 떡이 더 커 보인다면 그것은 자만심이다. 나는 떡을 함께 먹으면서 얘기를 나누고 싶다.

김연동 1학년   무엇을 얻고도 고마워 할 줄도 모르고, 만족할 줄도 모르고, 남보다 많이 갖고 싶고, 남에게 지고 싶지 않은 욕심 때문에 남의 떡이 크게 보이는 것은 아닐까? 자신을 존중하고 사랑하고 내 삶의 의미를 다른 사람과 비교하지 말고 내 스스로 찾아보자. 나의 선택, 나의 판단을 믿어 보자. 설령 나의 떡이 정말 작더라도 남의 떡을 부러워하지 말자. 내 스스로 큰 떡을 만들자.

이윤식 1학년   남의 떡이 커 보이는 것은 백조가 물속에서 얼마나 많은 노력을 하는지 모르고 우아한 물 위의 모습만을 보는 것과 같다. 남의 떡은 노력의 산물이다. 떡의 크기만 보는 것이 아니라 그 노력도 함께 보아야 한다.

036

남들이 부러워하는 것을
가진 사람은 행복한가?

김덕경 3학년   아주 잠깐 동안 행복하다. 사람들은 서로 원하는 것이 있으면 경쟁을 한다. 경쟁 끝에 얻은 것을 빼앗기지 않으려고 안간힘을 쓴다. 하지만 빼앗길 수도 있다는 불안감에 행복은 금방 사라진다.

김범수 2학년   남들이 부러워하는 것을 가진 사람에게는 두 가지의 선택이 있다. 첫째, 부러워하는 것을 남들과 공유하는 방법이 있다. 이는 자신의 소유로부터 멀어지지만 주변 사람들의 마음을 얻을 수 있다. 둘째, 그것을 독차지하는 방법이 있다. 이렇게 하면, 주위의 사람들이 질투하고, 그것을 빼앗으려고 안간힘을 다하기 때문에 사람도 잃고, 남들이 부러워하는 것도 잃을 수 있다.

정재우 2학년   남들이 부러워하는 것을 가지면 사람들은 그를 부러워하고, 그에게 모인다. 하지만 그들은 그가 가진 것에 모이는 것이지 그를 보고 모이는 것이 아니다. 이들은 그가 가진 것을 잃으면 떠날 사람들이다.

조범주 2학년   '남들이 부러워하는 것'은 여러 사람들로부터 주목받고 동경을 받기 위한 일시적인 도구에 불과하다. 남들이 부러워하는 것을 가진 사람보다는 봉사, 배려 등 선한 행동을 가진 사람이야말로 진정한 행복을 가진 사람이다.

037

인간은 사회 속에서 살아간다.
자신과 가족의 이익을 맹렬히 추구하는
개인들이 모인 사회 속에서,
경쟁에서 승리한 개인은
자유, 평화, 행복에 가까이 갈 수 있을까?

김동일 1학년   '승리'는 사회에서 정해 준 삶을 산 사람이 얻는 것이고, '행복'은 자신이 정한 삶을 산 사람이 얻는 것이다.

원동우 2학년   한 손으로 박수 치는 사람이 어디 있을까? 두 손이 맞닿아야 소리가 나는 법이다. 경쟁에서 승리했다고 좋아하지 마라. 그 큰 손엔 작은 손이 와야 한다. 우리 인생은 박수 치고 웃으며 사는 삶이니까. 진정한 자유와 행복 그리고 평화는 시원한 박수 소리와 함께 온다.

유경훈 1학년   자유, 평화, 행복이라는 단어는 이웃을 사랑하고 타인을 먼저 생각하며, 생명의 소중함을 아는 사람에게 어울리는 단어라고 생각한다.

038

간절하면, 절박하면,
'비겁함'이나 '비굴함'을
용납할 수 있는가?

김희준 1학년   '에너지 보존 법칙'처럼 내가 한 행동에 대한 책임은 어떤 형태로든 부메랑이 되어 돌아온다. '간절함', '절박함'은 자기 합리화일 뿐, '비겁함, 비굴함'을 정당화시킬 수 없다.

이학선 2학년   간절하고 절박한 상황에선 도덕적인 가치 판단이 흐려질 수 있다. 따라서 내 상황이 긴박해질수록 평정심을 유지할 수 있어야 하고, 비겁하거나 비굴한 행위를 하지 않도록 스스로 잘 이겨내야 한다.

조현 2학년   간절할 때마다, 절박할 때마다 비겁하게, 비굴하게 '휘어진다'면 간절하지 않을 때에도, '휘어진 채' 지낼 수밖에 없다. '휘어진' 마음은 다시 펴기 어렵고 점점 더 크게 휜다. 하지만 간절함을 견딘 '곧은' 마음은 다음엔 좀 더 굳건히, 부러지지 않고 설 수 있다.

최윤영 2학년   간절하면, 절박하면 동정만이 생길 뿐이다. 동정이 '비겁함'과 '비굴함'의 시야를 흐리는 것이지, 용납하고 말고 그런 것과 관련이 없다.

039

도덕성을 상실한
욕망의 추구는
얼음집 짓기이다.

유현도 2학년　　　　도덕성은 '의무', 욕망의 추구는 '권리'이다. '의무'를 다하지 못한 채 '권리'를 누릴 수 없다.

장동훈 1학년　　　　얼음집은 커지면 커질수록 주변 사람들에게 냉기를 뿜으면서 피해를 준다. 하지만 모든 것이 피어나는 화창한 봄날이 오면, 웅장했던 얼음집도 결국 녹아 내리고 말 것이다.

박주혁 2학년　　　　도덕성을 상실한 욕망은 산불이다. 산불은 산의 모든 것을 앗아 가고, 결국에는 자기 자신마저 삼켜 버린다.

'욕망'은
'노력'을 먹고 자란다.
욕망의 성취는
'자기 그림자 밟기'이다.

송서현 1학년　　　사람들은 자신의 '욕망'을 채우기 위해 '노력'한다. 그 '노력'이 쌓여서 하나의 결과물을 만들어 내지만 '욕망'을 다 채우지 못한다. 욕망의 성취? 이런 건 없다. 아니, 끝을 알 수가 없다. 내 그림자를 밟기 위해 한 발을 들어서 앞을 내려다보지만 내 그림자는 이미 더 앞으로 가 있다. 욕망은 끝이 없다.

송정우 2학년　　　우리가 어떤 것을 간절히 원할 때 수없이 노력한다. 하지만 나는 욕망의 성취는 없다고 생각한다. 해가 뜨고, 그림자를 밟고 또 밟아도 그림자는 밟히지 않는다. 밤이 되면 그림자는 사라진다. 하지만 다음날 아침, 그림자는 보란 듯이 다시 나타나고, 우린 그것을 밟기 위해 또다시 노력한다.

041

존경받는 사람들은
자기의 고통으로
타자의 고통을 줄인 사람들이다.
부러움을 받는 사람들은 타자가 성취하지
못한 욕망을 성취한 사람들이다.
난 존경하나? 부러워하나?

강건준 1학년   많은 이들에게 정신적으로 도움이 되는 인물이 되는 것이 가장 성취하기 어려운 욕망이라고 생각한다. 나는 그런 인물을 부러워함과 동시에 그를 따라잡기 위해 노력할 것이다. 그리고 그런 나의 모습을 뒤에서 바라보면서 나를 부러워하는 사람들이 더 생겨난다면 그보다 더 마음이 가득해지는 일은 세상 어디에도 존재하지 않을 것이다. 이런 과정이 계속 이어진다면 어찌 이 세상이 아름답고 살기 좋은 곳이 되지 않겠는가.

나창대 1학년   존경을 받고 싶으면 '나'를 위한 꿈이 아닌 '모두'를 위한 꿈을 가져야 한다. 꿈을 갖는 것보다 중요한 것은 그 꿈의 목적이므로.

김진석 2학년   서로 존경하자! 무언가 큰일을 이루어야 존경을 하는 것이 아니라, '사람'이기에 존경을 하자는 것이다. '서로 사랑하라'는 말처럼 조건 없이 존경하자. 서로 존경하는 사회에서 욕망을 성취하기 위해 다른 사람을 시기하며 우상으로 여기는 행위를 하겠는가?

김현도 2학년   부러움은 커질수록 시기하고 질투하며, 모함하는 사람이 늘어날 것이다. 하지만 존경은 지불한 고통의 크기가 클수록 더 큰 존경을 불러일으킨다.

김연동 1학년   따뜻한 마음과 사람에 대한 존중과 사랑이 존경의 시작인 것 같다. 나도 따뜻한 마음과 진정한 사랑으로 사람들을 대하고 싶다.

042

후회나 미련의 아픔은
오랫동안 우러난다.
후회나 미련의 뿌리는
무엇인가?

서재훈 2학년   미련은 '자기 반성'이다. 지난 일을 반성했기에 후회하고 미련이 남는 것이다. "그때 내가 왜 그랬을까?" "그때 다른 선택을 했었더라면 어땠을까?" 확실히 이런 후회나 미련의 감정은 '−'의 감정이다. 하지만 '−'의 감정에 잘 대응하면 '+'의 감정이 될 수 있다. 즉, 후회나 미련의 아픔을 외면하지 않고 직접 대면하여, 그저 아픔에 떨지 말고 해결책을 생각하면 '−'의 감정은 '+'의 감정으로 변한다. 하지만 후회나 미련의 아픔을 외면하고 그것으로부터 도망치면, 계속 '−'의 감정으로 남을 뿐이다. '−'를 계속 더하여도 그것은 '+'가 되지 않고 계속 '−'일 뿐이다. 이렇게 계속되면 후회나 미련은 자기 반성이 아니라 '자기 비하'만 될 뿐이다.

김영현 2학년   자신을 사랑하지 않는 행동을 하거나 자신과의 싸움에서 지면 후회의 싹이 트고, 욕망의 일부분이 채워지지 않을 때 미련이 꿈틀거린다. 우리는 신이 아니므로 인생을 살면서 결핍된 구석이 나타나기 마련이다. 하지만 후회보다는 성찰, 미련보다는 단호한 결단이 교양인의 정수가 아닐까?

043

'카타르시스'란
간접 체험한 죽음 때문에
욕망으로 인한 번뇌망상이
사그라지는 것이다.

임익현 2학년   나는 ○○대학에 가고 싶다. 그래서 공부를 열심히 했다. 욕망으로 머리가 가득 찬 것이다. 그러던 어느 날 내 자신을 뒤돌아봤다. 내신 등수가 밀려나자 힘들어하며 자신을 자책하는 내 모습. 소중한 사람들이 떠나가는데도 떠나가는지도 모른 채 내 욕망만 신경 쓰는 내 모습. 성적이 잘 나오지 않고, 주변의 압박이 심해지자 힘들어서 신호등을 일부러 빨간 신호등에 건너 보는 내 모습. 카타르시스가 나에게 온다면 나도 힘들지 않게 살 수 있을까?

백동승 2학년   작품을 통해 접하는 비극에서 우리는 슬픔과 분노를 느낄 뿐, 작품 안의 비극이 직접 우리를 괴롭히지는 않는다. 슬픔과 분노가 있는데 그로 인한 괴로움이 없다는 것은 우리가 슬픔과 분노에 조금 더 감정을 집중할 수 있음을 의미한다. 이 감정에 집중함으로써 우리 '내면'에 쌓인 우울함이나 불안감 따위가 해소되며 마음이 정화되는 느낌이 든다.

정지호 2학년   죽음은 삶에 대한 욕구를 더욱 깊게 하는 요소이다. 죽음을 떠올리게 될 정도로 위급한 상황이 닥치면(다른 것을 생명보다 소중히 여기지 않는다는 가정 하에) 다른 잡념은 모두 잊게 된다.

044

'개인주의'는 '주의'인가?
피동적으로 고립당한 '개인'이 있을 뿐인가?
'나'만 남고, '우리'가 떠난 빈 자리는
무엇으로 채우나?

강기동 2학년　　누군가 그에게, 그녀에게 손 내밀고 말을 걸었다면 그가, 그녀가 '나는 혼자 있는 게 더 편한 개인주의자'라고 쓸쓸하게 말했을까?

나누리 2학년　　거의 3년을 부모님과 떨어져 살면서 내 자신 스스로 많이 성숙한 것을 느끼게 되었다. 더 이상 고독을 두려워하지 않게 되었고, 고독은 내 삶의 일부분이 되었고, 고독을 독립의 시작이라 보게 되었다.

유준철 2학년　　우리는 원하는 것을 얻으면 자신이 남보다 잘났다며 얻은 것을 남들에게 보여 주는 행위를 한다. 하지만 이런 행동을 하면 주위 사람들이 '잘난 척하네', '꼴 보기 싫어'라며 하나둘씩 떠난다. 그러다 어느 순간 주위를 둘러보면 온기 없는 종이 쪼가리만 남아 있을 것이다.

원덕현 2학년　　'나'만을 위해서 산다는 것은 자신의 주위에 벽돌을 쌓아 혼자만의 세상을 만들고, 그 속에서 홀로 만족하며 사는 것이다. 이는 '나' 자신을 고독이라는 방 안에 감금시키는 것이다.

김민기 2학년　　'나'는 개인적인 존재가 아니다. '나'는 타인을 통해서 스스로를 정의하고 존재하기에 사회적인 존재일 수밖에 없다. 사회적 존재의 본질을 개인적 욕망으로 비틀어 개인적인 존재가 되고자 하면, 사회적 존재인 '나'를 스스로 부정하게 되는 모순으로 인해, 사회에서 소외되고 고독해진다.

고관음 2학년　　'나'보다 '우리'만 우선시 되는 사회는 무섭다. 전체주의가 낳은 폭력성과 비극은 이러한 무서움을 주기에 충분하다. 그러나 '우리'가 떠나고 '나'

만 남은 사회 또한 무섭고 삭막하기는 마찬가지다. 분명 '사람 사는' 사회를 살아감에도 불구하고, 인간관계는 겉돌고 사람들은 점점 소외되어 간다. 진심 어린 인간관계를 쌓는 일은 더더욱 어려워진다. 이렇게 '우리'가 떠난 빈 자리를 사람들은 끝없는 물욕과 소비로 채워 나간다. 하지만 이런 식으로 빈 자리를 채우는 것은 일시적일뿐, 다시금 공허한 삶이 그림자처럼 드리운다. 풍요롭고 슬프다.

이존필 3학년　세상은 survival을 가르친다. 내 학벌, 내 돈, 내 즐거움, 내 욕망을 위해 경쟁하고 이겨야 한다고. 하지만 이기고, 이기고, 이기다 보면 외로움이 나를 삼켜 버릴 것이다. 우리는 외로움에 먹혀 버리기 전에 survival을 그만두어야 한다. 나만을 위한 survival이 아닌 우리를 위한 revival이 필요하다. 싸우길 원한다면 단순히 생존을 위해 싸우는 것이 아닌, 모두가 이길 수 있는 부흥, 재생, 회복을 위해 싸워야 한다.

송서현 1학년　나'만'을 위한 삶은 시작은 창대하나 끝이 빈약하다. 그러나 남 '안'을 생각하는, 남 '안'을 이해하는 삶은 고독과는 거리가 멀다. 나'만'이 아닌 남 '안'을 생각하는 삶은 어떨까?

박훈빈 2학년　자신의 욕망을 채우기 위해 사는 사람들은 행복할까? 욕망에만 눈이 멀어 정작 자신의 행복을 버리지는 않을까? 봉사하고, 희생하고, 배려하며 산다면, 마음은 욕망이 아닌 고마움, 그리움, 감사함 등의 행복으로 채워질 것이다.

이기적 행위보다
이타적 행위가
나에게 더
유익하다.

임익현 2학년　　　엄마는 자신이 아파도 10개월간 아이를 뱃속에 품는다. 아이에게 세상을 주기 위해서. 엄마는 자신이 힘들어도 자신의 젖을 아이에게 물린다. 아이가 성장해야 하니까. 엄마는 자신의 유익을 따지지 않는다. 아이를 사랑하니까.

임선형 3학년　　　이타적 행위란 축구 경기에서 공을 패스하면서 상대의 수비수를 뚫고 도움을 주는 선수에 빗댈 수 있다. 자신은 골을 넣지 못해도 팀은 승리할 수 있다. 이기적 행위는 자신이 골을 넣기 위해 혼자서 공을 몰고 상대의 골대를 향해 돌진하는 일이다. 즉 나무만 보고 가면서 숲을 보지 못하는 것이다.

신민호 2학년　　　이기적인 사람은 사람에게서 돈을 얻지만, 이타적인 사람은 사람에게서 행복을 얻는다. 나는 행복을 얻고 싶다.

백동승 2학년　　　이타적 행위에서 유익함을 바란다면 그건 아마 이타적이라기보다는 이기적인 행위에 가까울 것이다. 남을 위했지만 결국 자기 자신을 위한 것이니까. 그런데 유익함을 바라는 마음을 버리고 이타적으로 행동할 때, 아이러니하게도 우리는 그 행위에서 유익함을 얻고 유익함을 위해 이타적 행위를 반복한다. 이런 과정을 거친 '유익함'은 처음의 '유익함'과는 매우 다른 것이다.

조승연 1학년　　　이기적인 사람은 자기 혼자 샴페인을 터트리며 쓸쓸히 늙어갈 것이다. 나이가 들수록 작은 것에도 함께 감사하고 소중히 할 수 있는 동반자들이 필요하다. 한 사람보다는 두 사람, 두 사람보다는 세 사람을 위하는 마음을 다 함께 찾아보자.

생각을 생각하자

4

욕망 속의 공부

'수능'은
대한민국의 성인식?

박상혁 2학년   수능은 우리들 인생의 전반부를 결정하는 무거운 짐이며 사실상 대한민국의 성인식이다. 그러나 수능은 우리들의 내면적인 아름다움을 측정하지 않고, 지식의 깊이를 측정하는 시험에 불과하다. 이는 우리들이 도덕성보다 성적을 우선시하게 만들었다. 대한민국의 성인식은 우리가 잃어버린 내적인 아름다움을 자각하도록 도와야 한다.

정진우 2학년   수능을 보고, 졸업을 함으로써 성인이 되는 것이 아니라, 그 과정을 겪으면서 자신의 현재와 미래에 대한 책임을 지려는 마음이 생길 때, 어른이 되어 간다고 할 수 있다.

김보겸 1학년   수능은 언제부터인가 성인이 되기 위해 치러야 할 시험이 되어 버렸다. 스무 살이 된 후, 나에게 무엇을 물어볼까? 건강? 아니다. 장래 희망? 아니다. 어느 대학교에 갔는지 물어볼 것이다. 이렇게 되어 버린 현실이 너무 슬프다.

오준석 2학년   수능이 대한민국의 성인식이라면 수능을 보면 성인이 된다는 뜻인가? 아니다. 하지만 수능을 성인식이라고 하는 이유는 수능을 기점으로 학교라는 울타리에서 벗어나, 준비가 되었든 안 되었든 정글 같은 어른들의 세계로 가야 하기 때문이다.

047

교실 밖 맑은 하늘, 뜨거운 태양.
자식을 낳기 위한 매미의 뜨거운 소리.
뜨거운 하늘을 날아다니는 바람의 소리.
아이들을 걱정하는, 대학 가자는
선생님들의 뜨거운 소리.
하지만 차가운 교실, 조용한 학생 이준필 3학년

김욱철 2학년 　　　성적 때문에 자꾸 위축되는 것 같다. 요즘 난 이런 생각을 자주 한다. 고3 졸업 후 내가 갈 곳이란 있을까? 진짜 갈 데 없으면 1년 동안 배 타고 군대 가야겠다. 미친 듯이 돈만 벌어야겠다. 어제 오랜만에 본 다른 학교 친구도 나와 같은 고민으로 우울해 보여서 '이게 고등학생의 고질병인가' 라는 생각도 해 보았다. 공부를 하려 해도 집중이 안 되니…….

김민기 2학년 　　　모든 것이 뜨겁게 살아가는 세상에서 학생들은 차갑게 지낼 것을 강요당한다. 꿈을 꾸며 열정을 불태워라 하지만, 정작 그 열기를 내뿜는 것은 제한당하고, 꿈을 꾸는 방법마저 잊게 만든다. 꿈을 스스로 만들지 못한 아이들에게 꿈을 꿀 기회를 주는 게 아니라, 실패만을 안겨 주며 현실만을 강요한다. 실패를 이겨내는 방법조차 모르는 어린 학생들은 좌절하고, 책상에 고개를 파묻는다.

048

공부를
하는 척하거나,
안 하거나,
포기한 학생의 하루.

사방이 어두울 때, 주위가 너무 고요해, 시계 초침 소리가 그 무엇보다 크게 다가와 잠들지 못할 때, 한 번쯤 나의 미래를 상상한다. 내가 원하는 게 뭘까? 하고 싶은 건 뭐지? …… 아, 이 점수로는 대학 못 가지. 서울에 있는 대학 아니면 답 없다는데.

엄마가 깨워서 겨우 일어난다. 눈을 뜨자마자 머리가 깨질 것 같다. 어젯밤 몰래 PC 게임을 했는데, 2시까지 하려고 했는데 새벽까지 해 버렸다. 부모님께는 밤새 수행평가를 했다고 둘러댔지만, 엄마는 화가 나셨는지 나랑 대화를 안 하신다. 내가 세상에서 가장 싫어하는 엄마의 모습, 무시이다. 휴~ 오늘 하루 시작부터 기분 진짜 X 같다. 밥 먹을 시간도 없어서, 기분 꿀꿀하게, 학교 가서 잘 생각을 하며 집을 나선다. 학교 가는 동안 스마트폰을 한다. '오늘도 역시 아슬아슬하겠는 걸?'이라고 생각하지만, 천천히 걸으며 손가락 운동을 한다. '어휴~ 또 지각인가? 벌점 받으면 그만이지, 뭐.'

매점에서 빵으로 아침을 때우고 나니 1교시 종이 쳤다. 교과서를 꺼낸다. 1교시와 관련 없는지도 모른다. 아무거나 막 꺼낸 것이니까. 잠을 자기 위한 쿠션일 뿐이다. 선생님이 무슨 소리를 하시는지 모르겠다. 그냥 자자. 2교시, 마찬가지이다. 나에게 공부는 무리인 것 같다. 누군가 날 깨운다. 선생님이 깨운 것이다. 귀찮고 짜증난다. 일어나는 척하며 고개를 절묘한 각도로 기울인다. 중학교 3년 동안 다듬어 온 각도이다. 3교시, 정말 지겹다. 이해도 안 되는 수업을 들으려니 미치겠다. 책이 없다는 선생님의 꾸중에 시무룩해진다. 다시 잔다. 4교시는 그나마 활기찬 시간으로, 뭐라도 할 수 있을 것 같은 생각이 든다. 하지만 작심 15분. 결국 수업이 지루해 딴짓을 하다 벌점을 받았다. 엄마한텐 준비물을 잃어버려서 벌점을 받았다고 둘러대면 된다.

점심시간 종이 치고, 밥을 먹으러 뛰쳐나간다. 가끔 학생증을 체육복 바지에 두고 와 낭패를 보기도 한다. 밥을 먹고 매점에서 빵을 사서 교실로 들어가려다 덜미를 잡히고 벌점을 받는다. 5교시, 나른하다. 거의 누운 상태로 선생님이 입을 벌렸다 오므렸다하는 것을 생각 없이 지켜본다. 누군가 깨워서 고개를 들면 6교시, 이동 수업이다. 피곤한 몸을 이끌고 다른 반에 가서 안식을 취한다. 자고 있던 책상의 주인이 깨우면 다시 내 자리로 돌아와 잠을 청한다. 이후 종례가 끝나고 선택의 기로에 놓인다. 집으로 갈 것인가? 야자 도장을 받을 것인가? 포기하고 친구들과 PC방을 갈 것인가?

집으로   집에는 나 혼자밖에 없다. 바로 컴퓨터 앞에 앉았다. 컴퓨터 하다가 부모님이 오실 때쯤 되면 숙제할거나 교과서를 펴놓고 스마트폰을 한다. 오늘도 하루에 문제집 10장을 풀겠다는 나의 결심은 무너졌다. 음, 너무 목표를 높게 잡았나? 내일부터는 다섯 장으로 해야지ㅋ.

자습실로   오늘은 공부해야겠다고 생각해서 야자를 한다. 책상에 앉았지만 무슨 공부를 어떻게 해야 할지 모르겠다. '내일부터 하면 되지'라고 생각하고 오늘 공부는 포기한다.

PC방으로   학교 끝나고 PC방에 들려서 어젠 '롤' 했으니, 오늘은 '피파'를 한다. 아홉 시에 게임을 끝내야 한다. 부모님께 PC방에 갔다는 소리를 꺼냈다간 태형을 면할 수 없기 때문이다. PC방에서 나오는 길 저편에는 방금 야자가 끝난 급우들이 내 쪽으로 오고 있다. 그들은 나를 향해 인사하지만, 눈빛에는 나를 무시하는 기색이 역력하다. 기분 나쁘다. 집으로 온다. 엄마가 묻는다. '공부 많이 해서 배고프지?' 대답한다. '네.' 밥을 먹는다. 컴퓨터를 켜 SNS를 관리한다.

언제부터였을까, 내가 공부를 멀리한 건? 나 같은 존재는 꿈을 이루기 힘들다는 생각이 뇌리에 박힌 지금, 수능까지 남은 시간을 어떻게 써야 할지 고민해 보지만 답이 잘 안 보인다.

※ 위 글은 여러 학생의 댓글을 짜깁기하여 정리했습니다.

049

꿈이 있든 없든,
꿈이 무엇이든,
고등학교를 졸업할 때까지
똑같은 것을 배우고 시험 본다.

강건준 1학년　　　배우는 것은 같을지 몰라도 얻는 것은 다르다. 교과서의 한 부분을 배울 때, 어떤 사람은 그냥 보고 시험 직전에 와서야 다시 본다. 그러나 어떤 사람은 교과서 속에서 의미를 발굴하여 자신의 인생에 도움이 되도록 만든다. 자기 스스로 필요한 것을 찾을 수 있는 모험가가 되어야지, 남이 자신에게 필요한 것을 주기만을 바라는 태만한 귀족이 되어서는 안 된다.

이재원 2학년　　　학교에서는 꿈이 무엇이든 공부만 하라고 한다. 이 똑같은 현상을 반복하면 점점 무엇을 해야 할지 모르게 된다. 하지만 공부는 목표가 있든 없든 제일 많은 인생의 길을 보여 준다. 참 신기하다. 공부에 집중을 하면 목표는 떠오르지 않는데, 제일 많은 길을 제시해 준다. 나중에라도 떠오를 목표에 기대감을 가지고, 최대한 많은 길을 열어 두려고 공부를 한다. 같은 것을 배우는 지루함까지 견디어 내면서.

박성준 1학년　　　꿈은 화살이고 공부는 활이다. 공부를 해서 꿈을 쏘아 올릴 수 있다. 물론 활 없이도 화살을 과녁에 맞출 방법은 다양하다. 그러나 활을 이용한 방법보다 확실한 방법은 아닐 것이다. 활 시위를 당기는 게 지루하고 힘들겠지만, 그렇게 쏜 화살은 정확하고 빠르게 목표를 맞출 것이다.

050

공부 맘처럼 안 되네.
공부 못하면 인생 X 되는데. 나는 해도 안 되나?
내가 열심히 안 해서 그래. 공부하기 싫어 죽겠네.
내일 하면 되지 뭐. 난 참 못난 인간이구나.
아직 꿈을 찾지 못해서 그래.
나는 왜 공부를 열심히 해야 하는지 모르겠어.
수업을 들어도 이해가 안 되네.
이미 내 인생 X 됐나 보다.
너 때문이야. 나는 역시 해도 안 되는구나.
에이, 안 해. 의미 없는데 왜 해. 난 대학 안 가.
몰라, 어떻게든 먹고 살겠지. 잠이나 자자.
게임이나 하자. 왜, 나한테만 그러는 거야.
어쩔 수 없다, 이젠 늦었어. 에~라, 모르겠다.

소재호 1학년   늦은 때는 없다. 늦었다고 생각하는 순간 늦은 것이다. 늦은 것을 생각하지 말고, 시작해 보는 것이 진정한 용기다.

이동현 1학년   인생에서 가장 중요한 것은 성적이 아니라 '생각'이다. 내가 어떻게 생각하느냐에 따라 인생이 달라진다. 성적 때문에 인생 포기? 말도 안되는 이야기이다.

황재영 1학년   절망해도 좋다. 허나 그 이유를 찾지 않으면 안 된다.

김현도 2학년   노력을 하고 실패를 하나, 포기를 하고 실패를 하나 결과는 같다. 하지만 그 과정에서 오는 깨달음의 차이는 매우 크다.

백윤재 1학년   절망의 늪에서 빠져 나오기 위해 발버둥치지만 불가능해 보여 포기한다. 사실 조금씩 빛이 보이기 시작하는데도 말이다. 사람들은 목적지를 코앞에 두고도 자신의 위치를 모른다는 두려움 때문에 포기한다. 자신의 위치가 뭐가 중요한가? 어제의 나보다 발전한 나라면 충분하지 않은가.

051

마음에도
습관이 든다.
공부하기 싫은 마음,
어떻게 극복할까?

류정현 2학년　　　야자실에서 공부를 하기 싫은 마음이 생길 때마다 나는 20분 동안 노래를 듣거나 잠깐 밖에서 걷기도 한다. 그리고 지금까지 공부하면서 힘들었던 수많은 상황들을 떠올린다. 그 다음 세수를 하고, 나에게 기대를 거는 많은 사람들, 나를 사랑하는 사람들의 모습을 떠올린다. 이렇게 나는 마음을 다잡고 최대한 빨리 공부하려 노력한다.

박세훈 1학년　　　피할 수 없으면 즐기라고? 거짓 선지자들의 뜬구름 잡는 말이다. 공부하기 싫은 마음을 극복할 순 없다고 본다. 안고 가야 한다. 참는 자가 웃는다.

박희권 2학년　　　'내가 꿈을 이룰 것이다.'라고 되새기면서 조금씩 자리에 앉아서 공부하는 시간을 늘려가다 보니 자연스럽게 성적이 향상되었다. 마음속으로만 공부해야지 하지 말고, 일단 자리에 앉아서 공부를 시작해야 한다.

나창대 1학년　　　왜 공부가 하기 싫은지, 자신이 생각하는 꿈을 위해선 어떤 것을 해야 하는지 등 끊임없이 자문자답하며 그 마음을 고쳐 나가야 한다.

김대솔 1학년　　　게임을 하면 경험치와 아이템 등의 이익이 바로 생긴다. 하지만 공부는 게임과 달리 이익이 바로 생기지 않는다. 공부를 할 때마다 이익이 바로 생기면 누구나 공부를 좋아할 것이다. 당장의 이익만 생각하지 말고, 미래의 이익을 생각하면서 공부해야 한다.

서연석 1학년　　　목표를 이루면 내 자신에게 선물을 주는 것이다. 그러면 먼 꿈보다는 가깝고 확실한 목표를 위해 노력할 수 있고, 목표를 이루고 얻는 대가를 생각하면서도 열심히 할 수 있다.

김성현 2학년　　　아침에 눈을 뜨면 항상 가슴 속으로 되새긴다. 어제보다 더 괜찮은 사람으로 거듭나기를, 어제보다 한 걸음 더 성장하기를. 지금의 이 한 걸음이 사소해 보일지라도 나중엔 지금의 내가 보이지 않을 정도로 멀리 떨어져 있을 나를 상상하며, 오늘도 난 이 말을 되새긴다.

나는 나! 비교하지 않는다. 사람과 사람은
비교 불가능하다. 우월감과 열등감이 있을 뿐,
우월한 사람도, 열등한 사람도 존재하지 않는다.
비교는 불안, 초조, 슬픔 등 부정적 감정을 낳는다.
부정적 감정은 발전의 장애물이다.
나의 공부법을 만든다. 엄친아의 공부법은
나의 공부법이 될 수 없다. 엄친아가 무엇을,
어떻게, 얼마나 공부하는지, 공부했는지가 아니라,
내가 무엇을, 어떻게 공부하는 것이 효율적인지
생각하고 실천하면, 시행착오를 통해 누구나
자기만의 공부법을 만들 수 있다.
실수, 실패, 패배를 두려워하지 않는다. 실수, 실패,
패배 없이 그 누구도 발전하지 못한다.
포기만 하지 않으면, 결과와 상관없이
나의 노력은 나를 발전시킨다.

고관음 3학년　　　성적으로 평가받는 우리가 '비교'의 영향에서 벗어나기란 참으로 쉽지 않다. 하지만 매겨진 성적이 '나'라는 사람을 바꿀 수는 없다. 내가 전교 일등을 했든, 500등을 했든, '나'라는 사람이 변했는가? 그렇지 않다. '그깟' 성적이야 일시적으로 오를 수도 있고 내려갈 수도 있지만, 나의 경험과 문맥들이 만들어내는 '나'라는 존재는 그렇게 쉽게 평가받을 수 없다. 그러니 비교하지 말자. '나'에게로 좀 더 깊이 들어가자. 친구의 성적이 나보다 좋다고 내가 못난 것이 아니고, 내 성적이 좋다고 내가 더 잘난 것이 아니다. 인생의 깊이를 단순히 성적으로 평가할 수는 없다. 비교가 아닌, 온전히 나에게로 집중하는 것, 나를 키워 낼 수 있는 것은 그것뿐이다.

원동우 2학년　　　나의 사랑스런 꿈을 가로막고 있는 것은 바로 나 자신이다. 주위 환경을 핑계 삼아 나약하게 숨기에 급급했던 나 아닌가. 비겁한 변명들을 걸어 버리고 나의 꿈을 제대로 응시하자. 남들의 기대와 명령 속에 갇힌 꿈 말고, 나의 꿈, 스스로 원하는 목표를 세우자. 그리고 내 가슴에 새기자.

권해준 1학년　　　실패는 인생의 일부분이다. 인간은 실패하면서 발전하고 '나'를 찾으며 '나'를 완성한다.

송성호 1학년　　　모의고사를 보며 경쟁, 중간고사를 보며 또 경쟁할 것이고, 기말고사를 보며 또 경쟁할 것이라고 선생님들은 말씀하셨다. 자연스레 친구들도 동무이기 이전에 비교의 대상, 선망의 대상, 밟고 올라가야 할 대상이 되어 버렸다. 많은 고뇌와 답답함과 부담감에 눈물을 흘린 적도 많았다. 그렇지만 아무리 생각해 봐도, 친구는 경쟁자이기 이전에 함께 즐겁게 노는 동무들이다. 조금 뒤처지면 어떤가? 뒤처짐은 실패가 아니다. 뒤처짐은 성공의 어머니이다. 새총의 고무줄이 당겨지듯, 날아가기 위한 준비일 뿐이다. 두려워하지 말자. 공부 이전에, 부담감과 스트레스를 내려놓고 시작하자. 가볍게 날아갈 수 있게.

김민주 3학년　인생에는 오로지 성공과 실패, 빛과 어둠만이 존재한다고 생각하지 않는다. 낮과 밤 사이에는 오후와 해질녘이 있듯이, 드넓은 지구의 대지에 아침이 찾아올 때 어떤 곳은 밤이 찾아오듯이, 우리가 살아가는 세상에는 각자만의 날씨가 존재한다. 그러므로 우리는 초조해 할 필요 없이, 우리 앞에 닥쳐올 인생의 희로애락을 즐겁게 받아들여야 한다. 이렇게 하면 우리는 바쁘게 달리면서도 머리 위의 하늘을 보는 여유를 가지며, 인생의 과정을 즐길 수 있다.

정동현 3학년　주변에서 많은 말들이 수없이 내 자신을 흔들고 좌절시키겠지만, 정작 귀 기울여야 하는 건 내 마음속 작은 이야기이다.

053

앎의 즐거움을 추구한다.
성적 향상의 즐거움은 성적 발표 순간뿐,
곧이어 성적에 대한 압박, 불안이 밀려온다.
그래서 성적이 향상되어도 불안, 초조가
떨쳐지지 않는다. 몰랐던 것을 스스로의 힘으로
깨우쳤을 때 느껴지는 즐거움을 추구하라.
이 즐거움은 매일매일, 매순간 추구하고 느낄 수
있고, 그 누구도 방해하거나, 빼앗아 갈 수
없는 나만의 것이다.
잘 쉬어야, 놀아야 잘 산다. 공부는 에너지 소모,
놀이와 휴식은 에너지 충전. 충전 없이 소모하면
방전된다. 공부 시간에만 공부하고, 그 외에
시간은 공부를 잊고 즐겁게 놀고 쉰다.

정규성 1학년　　　고등학교 시기에 가장 알아야 할 것은 '나'인 것 같다. 내가 왜 공부를 하는지, 내가 왜 그 직업을 원했는지, 내가 왜 좋은 성적을 받으려고 하는지를 알아야 진정한 앎의 즐거움에 다가갈 수 있을 것 같다.

백우진 1학년　　　'삶'과 '앎', 비슷하다. ㅅ과 ㅇ만 다를 뿐. 삶이란 어떤 것을 알아가는 과정이다.

김정호 3학년　　　스스로 깨닫는 것뿐만이 아니라, '스스로'라는 단어 자체가 즐거움을 준다. 스스로 어떤 곳에 가 본다거나, 스스로 음식을 만들어 먹는다거나…… 스스로 한다는 것 자체에서 뿌듯함을 얻는다.

김민기 3학년　　　뒷면만 인쇄되어 나온 동전은 본디 있어야 할 필수적인 요소가 결여되어 '불량품'이라는 꼬리표가 붙는다. 놀이가 뒷면이라면, 일은 앞면이라고 할 수 있다. 서로가 있기에 각자가 각자의 '완전함'을 취득할 수 있다. 일은 놀이의, 놀이는 일의 장애물이 아니라 동반자이다.

054

성적에 관심 갖지 않는다.
발표된 점수, 등수, 등급은 나의 과거이다.
과거는 돌이킬 수 없으므로 과거에 관심을
갖을수록 불안, 초조가 증폭된다.
지금 이 순간 무엇을 하는 것이 좋을지,
어떻게 하는 것이 충실한 것인지 판단하고 실행한다.
미래를 알려고 하지 않는다.
현재 성적으로 미래를 짐작하려고, 알려고 하지
마라. 결코 알 수 없다. 불안, 초조, 좌절감만
증폭될 뿐이다. 미래는 알 수 있는 것이 아니라,
현재의 노력으로 만들어 나가는 것이다.

원동우 2학년   이미 바꿀 수 없다면, 이미 끝난 일이라면 생각조차 하지 말아야 한다는 것은 누구나 알고 있다. 그런데 미련이 남고 후회가 되어 그렇게 못하는 것이다. 경제 시간에 배우는 매몰 비용, 다시 돌려받을 수 없다면 생각하지 않는 그 매몰 비용 공식처럼 내 마음도 그렇게 되면 얼마나 좋을까.

홍경민 2학년   '옛날에 엄청 잘했는데.' 이 생각을 가지는 순간, 지금의 나를 인정하지 않기에 점점 나를 해친다. 지금 성적이 무척 낮아도 전혀 문제 없다. 나를 받아들이기 힘들지라도 나를 인정하고, 지금의 나를 믿고 따라야 미래의 나를 완성해 나갈 수 있다.

김동완 2학년   그 누구도 한 치 앞의 운명을 알 수 없는 이 세상에서 자신의 미래를 알려고 하는 것은 현재를 버리고, 결국 미래를 버리는 행위이다.

055

나
너
변화
성적
내일
끝

장광재 1학년

나는 믿어

성적(成績)만 보는 이 세상

성적(性的)으로 차별하는 이 세상

대학을 내일이라 하는 사람

대학으로 끝이라 하는 사람

모두 변화될 것을 믿어

너를 믿어

나를 믿어

정대건 2학년
성적이 다가 아니야. 나는 너보다 뛰어난 점이 있어. 그 따위 틀에 맞춰 나를 변화시키려 하지 마. 아직 내게 내일은 수없이 많고, 아직 끝은 멀었어. 나의 무기로 나만의 싸움을 펼치면 되는 거야. 간혹 사람들은 헛소릴 지껄이지. 그런 것쯤 무시해. 남들보다 앞서가지 못한다고 절대 조급해 하거나 겁먹을 필요 없어. 나는 거북이야. 사람들의 비난과 시선을 막아낼 단단한 등껍질과 느릿하지만 꾸준히 성실하게 걸어 나갈 수 있는 튼튼한 다리가 있어.

박찬희 2학년
언젠가부터 나는 너의 성적 변화가 신경 쓰이기 시작했다. 왠지 네가 나보다 더 잘하면 배 아팠고, 시기와 질투가 생겼다. 그러다 문득 깨달았다. 지금은 같이 있지만 각자의 끝은 다르다는 것을. 나는 나의 길을, 너는 너의 길을 가는 중이란 것을. 그래서 나는 오늘도 너의 내일을 응원한다. 파이팅하자, 친구야!

056

성적으로
학생의 미래를
얼마나
예언할 수 있는가?

주현용 2학년　　　19% 예언할 수 있습니다. 19라는 숫자는 우리가 태어났을 때부터 고3까지 배우는 나이입니다. 성적이 좋으면 그만큼 그 학생의 미래가 밝아진 것이라고 볼 수 있지요. 그러나 성적이 밝은 미래를 상징하는 것은 아닙니다. 81% 라는 확률이 남아 있으니까요.

정동현 2학년　　　성적은 한 사람의 과거, 즉 학창 시절의 모습을 보여 주긴 하나 극히 일부일 뿐, 그의 숨겨진 다른 부분들은 담아 내지 못한다. 진주조개를 보면, 껍데기는 납작하고 볼품없게 생겼지만, 그 안을 열어 보면 귀한 진주가 있다. 성적이 별 볼 일 없어도 진주처럼 빛나는 사람이 될 수 있다.

고건훈 2학년　　　성적에는 그 학생의 성격과 인품은 들어 있지 않다. 그래서 좋은 성적을 가진 사람이 범죄자가 되거나, 쓸쓸히 죽어갈 수도 있다. 성적으로 그 학생이 무슨 대학을 갈지는 예측할 수 있겠지만, 그 사람이 행복한 인생을 살지, 불행한 인생을 살지는 예측할 수 없다.

생각을 견주자

5

인간 그리고 나

057

우주는
전지전능한 신이 창조했을까?
신은 무지무능한 인간이 창조했을까?
내 안의 '나'는 참 큰데,
우주 속의 '나'는 참 작다.

송준섭 1학년   그냥 살아가다 보면 저절로 무언가가 될 줄 알았다. 이런 기대를 가지고 여기까지 왔는데, 뭐든지 할 수 있을 거라던 자신감은 사라지고, 볼품없는 내 자신이 초라하게만 느껴진다. 이젠 정말 벼랑 끝에선 기분이다. 떨어지고 싶지 않다. 변해야만 한다.

정해환 2학년   우주는 우리 주변 세계를 일컫기도 한다. 우리는 주변 세계에 영향을 끼치고 받는다. 우주 속의 내가 작게 느껴지는 이유는 우주 속의 상호작용을 단절한 채 나에게만 너무 집중했기 때문이다. 개인적이고 파편화된 사회가 변하지 않는다면 우리는 점차 그렇게 변해 갈 것 같다.

서연석 1학년   나를 물리적인 크기로만 보면 우주 속의 나는 없는 것이나 마찬가지다. 하지만 나의 '성장 가능성'으로 보면, 이야기는 달라진다. 나는 지금 계속 성장 중이고, 어디까지 성장할지 모른다. 이런 점에서 나의 의미는 우주와도 같다.

김연동 1학년   우주가 아무리 크고 넓어도 내가 없으면 아무 의미가 없다. 내 안의 참 큰 '나'가 세상에서 가장 소중하고 아름다운 존재다. 참 작지만 아름다운 '나'들이 모여 우주를 빛낸다.

058

인간도 동물이지만,
인간은 스스로를
동물과는 차원이 다른 존재라고 여긴다.
인간을 동물과 구별할 수 있는
'인간다움'이란 무엇인가?

김영운 3학년   인간다움이란 '어떻게 살아야 올바른 삶을, 인간다운 삶을 사는 것일까?'라는 생각을 하며 살아가는 것이다.

박상혁 1학년   인간다움이란 자신을 성찰하면서 더 나은 사람으로 변하기 위하여 자신을 제어할 수 있는 것이다.

장정현 1학년   원초적인 본능을 다스리고, 다양한 선택을 통해 자신의 앞길을 스스로 결정하는 동물이야말로 인간이지 않을까.

박광진 3학년   당신은 한 동물이 다른 동물을 위해 자신의 목숨을 내거는 상황을 본적이 있는가? 아마도 인간과 동물을 구별할 수 있는 인간다움이란 남을 생각하는 마음, '이타주의' 같다.

박상범 2학년   인간다움은 나와 함께 모두가 행복을 추구하기 위해 서로를 보완해 주고, 서로가 필요한 것을 아낌없이 나누는 사랑을 실천하려고 노력하는 자세이다.

남기욱 2학년   죽음을 끝으로 보지 않고, 죽음 이후의 영원함을 추구하며, 선하게 살아가는 태도! 바로 이것이 인간다움이라고 확신한다.

송정우 3학년   동물과 인간이 다르다고 해서 생명에 대한 차별로 이어져서는 안 된다. 더 소중한 생명은 없다.

손동은 2학년 　　　동물이나 사람이나, 살아가는 방식은 다를 게 전혀 없다. 하지만 인간은 자신이 동물과 다르고, 동물보다 우월하다고 생각한다. 이게 바로 인간과 동물의 차이점인데, 이는 어리석은 생각이다.

이유성 2학년 　　　인간은 욕심이라는 독을 품고 있는 존재다. 짐승은 배부르면 사냥을 하지 않는다. 이 점은 인간이 짐승으로부터 반드시 배워야 할 점이다.

생존을 위해,
인간의 오감은 자기가 아니라,
자기 밖의 존재를 쉼없이 감각한다.
그래서 자기는 자기를 잘 모른다.
착각도 한다. 가끔 착각이 깨지면
무척 당황스럽다.

박세훈 1학년   생존을 넘어서 지배를 하고자 하는 욕구가 강하고, 모든 일에 자신이 주체가 되고 싶어 하는 사람들이 많다. 이들은 자신의 나약한 점을 숨기고 강인한 면만 보여 주려 하는데, 이 과정에서 자신의 모습에 대한 착각에 빠지기도 한다. 하지만 착각이 깨지면 자신의 한계를 급격히 체감하며 절망에 빠지는 모습을 심심찮게 볼 수 있다. 당황이라는 단어로는 이 추락을 설명하지 못 한다.

백윤재 1학년   나 자신에 대해 자부심을 갖고 살아왔지만 그것이 깨지는 것은 한순간이었다. 그 후 내 시선이 향한 곳은 남이었다. 내가 생각했던 그리고 기대했던 것과 달리 초라하기 짝이 없는 내 자신을 보는 것이 너무 괴로워 내 시선은 자꾸 옆으로 돌아만 갔다. 더 초라한 이를 보며 얻는 위안과 완벽해 보이는 이를 보며 느끼는 열등감. 하지만 더 자극적인 열등감 쪽으로 내 마음은 기울어만 갔다. 인간의 감각이란 것이 원래 이런 용도로 사용되기 위해 존재하는 것일까?

손현호 1학년   우리는 드물게 자신의 진심과 마주한다. 그 진심에서 스스로의 상처를 본다. 그것들을 보고 싶지 않은 우리는 '나는 원래 이런 사람이다, 이미 늦었다'라는 착각으로 그것들을 덮어 버린다. 이 착각이 벗겨질 때면, 후회와 불안을 느끼며 고통스러워한다.

강건준 1학년   공동체 속에서 살아가는 우리들은 '타인의 시선'을 의식한다. 때문에 내 의견을 마음껏 펼치고 싶어도, 다른 이들의 반응을 염두에 두고 이야기한다. 하지만 타인의 시선 때문에 나 자신을 잃어버리면 안 된다. 남의 의견을 존중하면서 나의 주관을 말하는 것은 '배려'이지만, 주관을 잃는 것은 '굴복'이다.

김동규 2학년　　　인간은 더불어 살아가는 존재이다. 그래서 때로 인간은 상대가 누구냐에 따라 완전히 다른 사람이 된다. 이때 자신에 대한 확립이 없으면 혼란스럽기도 하고, 자기가 누구인지 착각하기도 한다. 그래서 나 자신이 누구인지 알아 가는 것은 중요한 과제이다. 그래야만 나를 지키면서 더불어 살 수 있기 때문이다.

060

인간의
존재 가치는
소득과 소비 수준에
비례하는가?

박광진 3학년　　소득과 소비 수준은 자신의 만족감을 높이기 위한 수단이지 자신의 존재 가치를 높이기 위한 것이 아니다.

양규민 1학년　　자신의 이익만 생각하지 않고, 자신의 입장만 생각하지 않고, 타인의 입장을 배려하는 사람이 존재 가치가 높다고 생각한다.

김민곤 2학년　　그 사람이 있던 자리에 그 사람이 없을 때, 허전하다고 느낀다면 그 사람은 존재 가치가 있는 것이다. 내가 다른 사람의 삶에서 사라져도 그들이 내 빈 자리를 느껴서 허전함을 느낄까? 아니면 내가 사라진 것도 모른 채 살아갈까? 내가 살아온 삶을 돌아볼 시점인 것 같다.

움직이면
'움직임'이 보이고,
멈추면
'존재'가 보인다.
눈 감으면
'마음'이 보인다.

정해환 2학년　　　축구에서 열심히 뛰는 것도 중요하지만 잠시 멈춰서서 주위를 둘러보고 패스할 곳을 찾는 것도 중요하다. 공을 가지고 혼자 뛰어 다니기만 하면 고립되거나 볼을 뺏긴다. 패스는 동료에 대한 관심과 공감을 바탕으로 존재를 인식하고 행동을 예측하는 상호 작용이다. 이런 패스는 팀을 하나로 만들어, 혼자서는 절대 할 수 없는 멋진 플레이를 만든다.

김연동 1학년　　　친구들과 농구를 한다. 드리블을 하고 슛을 하고 리바운드에 힘을 쏟는다. 상대방의 움직임을 보며 나도 쉼 없이 움직인다. 농구가 끝나고 운동장에 앉는다. 비로소 파란 하늘이 보이고, 하얀 구름과 초록빛 나무들도 보인다. 바람이 느껴진다. 친구들의 웃음소리가 유쾌하다. 눈을 감는다. 내 안에 또 다른 내가 있다. 겉으로 드러나지 않는 내가 보인다. 내가 원하는 것, 내가 사랑하는 것, 내가 보고 싶은 것들이 보인다. 신기하게도 눈을 감으면, 눈으로 보이지 않는 것들이 보이고 느껴진다. 그래서 사람들은 마음으로 노래하고 시를 쓰고 그림을 그리나 보다.

자아성찰
없는 꿈은
무지개이다.

최진섭 2학년   무지개는 햇빛이 산란되어 나타나는 현상이다. '산란'은 빛이 한 곳에 모이지 않고 퍼지는 것이다. 한 가닥 빛으로는 아무것도 될 수 없다. 빛이 모여 한 줄기 빛이 될 때, 그 빛줄기가 꿈이 된다. 자아성찰은 퍼진 빛을 모아 준다.

이세휘 2학년   무지개는 비가 온 뒤에 생긴다. 마음에 비가 내리면 무지개 같은 허황된 꿈을 꾼다. 마른 하늘은 구름 한 점 없는 하늘을 보여 준다. 맑은 마음은 이룰 수 있는 꿈을 비추어 준다.

이희윤 1학년   우리는 꿈을 너무 직업적으로만 생각하는 것 같다. 하늘을 날고 싶다는 꿈이 있었기에 비행기가 만들어지고, 우주선이 만들어져 하늘을 날고 우주로 갈 수 있는 시대가 되었다.

김연동 1학년   자아성찰 없이는 '나 자신'을 정확히 알 수 없다고 생각한다. 꿈도 마찬가지이다. 나의 꿈을 위해서 방향을 제대로 잘 알고 가고 있는지, 앞서가는 사람을 추월하고 싶어 내 능력보다 지나치게 속도를 내고 있지는 않는지, 내 적성은 생각하지 않고 화려해 보이는 곳을 기웃거리고 있지는 않는지, 돌아보고 생각해 보자. 반성하며 다져간다면 꿈은 반드시 무지개가 아닌 현실이 될 것이다.

이동현 1학년   자아성찰 없이 생각한 꿈은 무지개도 아니다. 잠자면서 꾸는 꿈과 다를 게 없다. 자아성찰은 단순히 나를 돌아보는 것이 아닌, 더 나은 인간이 되어 가는 과정이다.

063

적성은
찾는 것이 아니라,
만드는 것이다.
'적응'이 '적성'이다.

임선형 3학년 　　나의 꿈은 배우이다. 처음 꿈꿨을 때는 단지 나를 무대 위에서 남에게 보여 주고 싶은 단순한 이유였다. 적성인지도 모르고 무작정 연기를 배운 지 7개월이라는 시간이 지났다. 도중에 연기를 포기하는 사람들을 많이 봤다. 하지만 난 절대 포기하지 않을 것이다. 후회하지도 않을 것이다. 연기에 적응하면서 연기가 내 적성이라고 생각하기 때문이다.

이영준 2학년 　　'천재는 99%의 노력과 1%의 영감으로 이루어진다.'라는 말이 있듯이 적성이 무엇인가 생각하기보다는 자신이 하고 싶은 일을 노력을 통해 적성으로 만들자.

정지호 2학년 　　처음엔 익숙하지 않고 미숙했던 일이 꾸준히 하다 보면 능숙해지는 경우가 많이 있다. 물론 평범한 사람들보다 특정 일에 뛰어난 사람들이 있고, 그들을 천재라고 부르기도 하지만, 그것은 '재능'이지 '적성'이 아니다. 적성은 어떤 일을 진심으로 즐기고 꾸준히 해 낼 수 있는 사람에게 존재한다.

이호준 2학년 　　적성을 찾았다고 한들 자신이 그 적성을 가다듬지 않으면 적성이라 할 수 없다. 그것을 자신의 것으로 '만들어'야 그것이 비로소 자신의 적성이 된다. 그렇기 때문에 나는 적성은 찾는 것이 아니라 만드는 것이라고 생각한다.

김호재 1학년 　　하기 싫은 일, 자신의 마음에 들지 않는 일들은 흔히 자신의 적성에 맞지 않는다고 한다. 하지만 하기 싫은 일도 하다 보면 자연스레 그 일의 좋은 부분을 찾게 되는 경우가 많다. 적응은 적성을 찾는 하나의 길이다.

064

지식
생각
삶

강건준 1학년   생각이 있기에 내가 지금 이 글을 내 손으로 쓸 수 있고, 지난 달의 댓글이 지식이 되어 내가 더 나은 글을 서술할 수 있게 도와준다. 나의 지식을 통해 다른 이가 꿈꾸고 생각하여 삶을 윤택하게 만들면, 그 또한 내 삶이다.

백동승 2학년   지식이 어느 정도 쌓이고 생각을 웬만큼 할 수 있게 되었을 때, 나는 내가 평생을 가져갈 수 있는 '생각하는 법'을 익힌 것 같았다. 머릿속이 환해지는 기분이었다. 그 이후, 내가 모르던 새로운 것을 접하면서, 내가 알고 있던 '생각하는 법'은 잘못된 것이었고, 이제야 진짜 '생각하는 법'을 완성했다고 생각했다. 다시 머릿속이 환해졌다. 그 이후, 또다시 나의 생각이 뒤집혔을 때, 나는 나의 '생각하는 법'을 결코 완성할 수 없음을 깨달았다. 다시 한 번 머릿속이 환해졌지만 이번엔 이 느낌이 싫었다.

황성욱 2학년   사람은 살아가면서 '지혜'를 쌓는다. 지혜는 '지식'을 습득하여 자신의 '경험'과 '생각'을 거쳐 만들어진다. 그런데 경험은 '과거'이므로 경험과 생각을 토대로 만든 지혜는 지금 이 순간에는 지혜가 아닐 수 있다. 그러므로 새로운 경험과 신선한 생각으로 지혜를 쉼 없이 다시 만들어야 한다.

노찬우 2학년   삶과 죽음에 대해 지혜롭게 생각하고, 지혜를 얻기 위해 행동하면 궁극적으로 인간으로서의 완전함에 가까워진다고 나는 생각한다.

065

내 생각이 옳은가?
옳다고 믿을 뿐인가?

강건준 1학년　　　내 주관이 정당한지 아닌지를 고민하는 것은 상대의 주관도 이해하려는 움직임에서 비롯된다고 생각한다. 나는 방금 이 글을 쓰다가 바퀴벌레를 죽였다. 좀 컸다. 나는 생각했다. 바퀴벌레는 죽여도 될까? 혐오감을 준다는 이유로 바퀴벌레를 죽인 나는 옳았을까? 내가 바퀴벌레의 마음을 이해했다면 난 바퀴벌레를 베란다 밖에 던지지 않았을까? 어쨌든 그는 이미 죽었다.

김연동 1학년　　　'옳다고 믿을 뿐이다'에는 결연하지만 불안함이 느껴진다. 옳다고 믿을 뿐일 때에는 나를 돌아보자. 혹시 나만 옳다고 믿는 것은 아닌지, 내가 놓치고 있는 것은 없는지 다시 생각해보자. 독선과 아집으로 흐르지 않게.

백승헌 2학년　　　육체적 나이가 먹어가는 것과 별개로 생각의 나이, 철드는 시기는 사람마다 다르다. 나의 말과 행동을 보고, 나를 생각하고, 나의 생각을 알아가는 모든 과정은 내 생각의 나이가 드는 과정이며, 내가 철들어서 내 삶을 책임지게 되는 과정이다.

고관음 2학년　　　인간은 생각함으로써 좀 더 '인간다워'질 수 있다. 그러나 때로는 자신의 사고에 심취해 독단에 빠질 수 있다. 독단의 가능성을 줄여주는 것은 바로 타인과의 소통이다. 나의 생각과 타인의 생각을 공유하고, 그것을 또 사유하는 것이 사유가 만들어낼 수 있는 풍요로움을 더욱 증진시킬 수 있다.

066

나의 '자유'를
나의 '생각'도
구속한다.

김동규 2학년　　　　우리는 누구나 자유로울 권리를 가진다. 하지만 자유의 범위와 한계는 스스로 정하는 것이다. 내 친구는 방학을 맞아 귀를 뚫었지만, 내게는 그 행동이 과한 것으로 보였다. 귀를 뚫는 것은 누구에겐 자유의 범위 안에 있지만, 나에게는 허용되지 않는 범위이다.

장광재 2학년　　　　나는 학급 회장이자 동아리 부장이다. 그래서 그런지 친구들도 선생님들도 내게 '이런 활동도 해야지' 같은 무언의 압박을 준다. 난 하기 싫다. 하지만 '안 하면 나의 이미지가 깨지겠지?'라고 생각하며 어쩔 수 없이, 그 활동을 시작한다. 나에게 나의 '자유'는 없다.

김기범 2학년　　　　주말에 정말로 간만에 할 일이 없어 여유롭게 침대에 누워 빈둥거리고 있다고 생각하자. 처음에는 이 간만의 자유를 정말 후회 없이 보내자며 느긋하게 보내려고 한다. 하지만 시간이 갈수록 우린 점점 불안해지기 시작한다. '정말 이렇게 있어도 되는 걸까? 무언가 해야 된다는 생각이 점점 우리를 압박할 것이다. 우리는 상상 이상으로 생각에 얽매여 있다.

채건주 2학년　　　　나는 생각, 양심, 마음 이 세 가지의 조화를 위해 나의 자유를 구속한다. 그렇지 않으면 내 삶이 엉망이 될 것이므로.

김기석 2학년　　　　우리는 생각할 수 있는 범위 안에서만 자유를 누릴 수 있다. 더 큰 자유를 누리기 위해서는 생각을 키워야 한다.

'삶'은 흐르고,
'기억'은 고인다.
기억은
실체인가?

정해환 2학년　　　　한 조각의 기억에 우리는 웃고, 울고, 뿌듯해하고, 후회한다. 비록 기억은 사라지거나 왜곡될 수 있지만, 그것은 우리 맘대로 되는 것은 아니다. 끊임없이 생겨나고 바뀌지만 우리가 손댈 수 없는 머리 깊숙이 들어앉아 우리를 조종하는 신기한 것이 바로 기억이다.

송준섭 1학년　　　　고인 물이 썩듯이 기억도 고이면 썩지 않겠는가. 어린 시절의 추억들은 벌써 기억 속에서 희미해져 가고 있다. 기억이 실체라면 이럴 수가 없다. 기억은 차근차근 쌓아서 정리해 두고 꺼내는 것이 아니다. 모든 것이 잊혀져 가듯이 자신도 모르는 사이에 이미 사라진 기억은 자신에게 있었던 일을 없었던 일로 만든다.

이영준 2학년　　　　우리는 살아가면서 많은 기억을 얻는다. 그리고 우리는 어떤 일을 처리할 때 그 기억을 바탕으로 처리하게 된다. 우리는 기억을 무기로 생존해 온 동물이라 해도 과언이 아니다. 기억으로 '무'에서 '유'를 창조한 것을 보면, '유'의 근본은 기억이기에 기억은 실체라고 할 수 있다.

068

다 지나가고
사라진다.
한 조각 기억을
남기고
......

김호규 3학년   추운 겨울이 지나가듯, 장맛비도 항상 끝이 있듯, 내 가슴에 부는 추운 비바람도 언젠간 끝날 걸 믿는다. 얼마나 아프고 아파야 끝이 날까? 얼마나 힘들고, 얼마나 울어야 내가 다시 웃을 수 있을까? 지나간다. 영원할 것 같던 사랑이. 이렇게 갑자기 끝났듯이 영원할 것 같은 이 짙은 어둠도 언젠간 그렇게 끝난다. 이 시간은 분명히 끝이 난다. 내 자신을 달래며 하루하루 버티며 꿈꾼다. 이 고통의 끝을.

김현도 1학년   죽으면 몸도 사라지고 마음도 생각도 사라진다. 하지만 사라지지 않는 것이 한 가지 있다. 바로 남들의 기억이다. 내가 살아서 남긴 행동과 업적은 시간이 흘러도 기억될 것이다. 하지만 그 기억의 가치를 달리 만드는 것은 지금 살고 있는 나의 행동이라고 생각한다.

백우진 1학년   우리는 언제나 생각한다. 타임머신을 타고 과거로 돌아가면 좋겠다고. 그래서 내 실수들을 다 만회하고 싶다고. 그러나 실현 불가능하다. 하지만 우리에겐 '기억'이란 것이 있고, 기억을 '성찰'하여 성장해 간다. 실수가 실력인 우리에게는 매 시험이 안타까움 그 자체이다. 하지만 시험 뒤의 행위에 따라 우리의 미래는 달라진다. 사라지지 않는 아픈 기억을 지우려고만 하는 사람과 아픈 기억을 성찰하여 똑같은 기억을 만들지 않으려고 노력하는 사람의 미래는 다를 수밖에 없다.

고관음 3학년   정말 지나고 보면, 당시에는 정말 어렵게만 느껴졌던 순간들이, 내 삶의 모든 것이 될 것 같았던 순간들이, 눈 깜짝 할 사이에 지나가 버린 듯하다. 조금 삐딱한 시선으로 바라보면 삶이 부질없는 것처럼 보이기도 한다. 그러나 매 순간이 어쩌면 덧없이 흘러갔음에도 불구하고, 내게 남는, 나를 만들어 내는, 기억의 조각들은 모두 달랐다. 어떤 조각은 그 날이 너무 날카로운 탓으로 내 삶을 고통스럽게 파고들기도 했고, 어떤 조각은 너무나도 매끈하게 남아, 존재 자체만으로 빛이 나기도 했다. 모두 지나가고 사라져 버릴지라도, 흩뿌려진 편린들을 주워 담는 그 순간만은 빛날 수 있기를 바란다.

생각을
생각하자

댓글쓰기 대회의 교육적 효과에 대하여

　댓글쓰기 대회는 '성찰-소통-성장'의 구조입니다. 즉, 생각글로 성찰하고, 댓글로 소통하면서, 학생 스스로 성장하는 구조입니다. 학생들의 증언을 중심으로 댓글쓰기 대회의 교육적 효과에 대해 살펴봅니다.

1. 생각글

　생각글은 성적, 경쟁, 꿈, 욕망, 우정 등에 대한 생각을 담은 짧은 글입니다. 학생들이 성인이 되어서도 삶에 대한 철학적 고민을 할 수 있는 생각글을 만들려고 노력하고 있습니다. 글쓰기 교육이 수업시간에 국한되지 않고, 학생들의 삶에 긍정적이고 지속적인 변화가 생기기 바라는 마음에서입니다.

> 　야간 자율학습이 끝나고 집으로 돌아오는 길, 버스에서 창밖과 창에 비친 내 얼굴을 번갈아가며 바라보다 문득, 일주일 전, 한

달 전에 제출한 댓글쓰기가 떠오르고, '이렇게 댓글을 썼다면 더 멋지지 않았을까?'하는 생각이 든다. 이렇게 떠오른 새 댓글은 쉽게 잊히지 않는다. 새 댓글에서 달라진 것이 '무엇을'이든, '어떻게'이든, 분명 이런 경험은 나의 펜이 종이 위에서 조금 더 능숙해지는 데 도움이 되었을 것이다.

– 백동승 3학년

댓글쓰기를 할 때만큼은 그나마 답답한 교과서에서 벗어나 자유롭게 나의 생각을 펼칠 수 있었다. 그런 점에서 생각하는 시간이 늘어났고, 생각을 하며 나를 돌아보는 시간이 늘어났다.

– 이웅찬 2학년

일상생활 속에서 생각하기. 밥 먹고, 똥 싸고, 머리 감을 때, 생각 글에 대해 내 삶과 내가 가진 지식을 바탕으로 생각할 때 좋은 글이 나온다.

– 백우진 3학년

2. 댓글 읽기

댓글쓰기 대회 용지는 전교생에게 배부됩니다. 다른 학생들의 생각을 읽는 것만으로도 글쓰기 욕구를 자극받고, 생각을 표현하는 방법도 배우고, 생각의 범위도 넓힐 수 있기 때문입니다.

댓글쓰기 대회에 참여하면서 가장 좋았던 점은 다른 친구들의 생각을 알 수 있었다는 점이다. 하나의 주제에 대해 이렇게나 많은 의견이 나올 수 있다는 사실이 놀라웠다. 나와 생각이 다른 친구들의 댓글을 보면서는 '아, 저런 의견도 있을 수 있구나', 같은 생각을 한 친구들의 댓글을 통해서는 '같은 의견도 다양하게 표현할 수 있네'라는 생각이 들었다.

- 김기석 3학년

친구들의 글을 보며 글 쓰는 방식들을 조금씩 배울 수 있었다. 댓글쓰기 대회를 통해 얻은 것은 내가 말하는 것보다 더 많이 보고 경청해야 하는 자세를 가져야 한다는 것이다. 멋있고 화려한 언변을 자랑하는 것보다는 많이 듣고 조금 말하는 사람이 되어야겠다고 느꼈다.

- 성진수 3학년

3. 댓글쓰기

1) 지속성 있는 글쓰기

학생들이 글쓰기에 대한 부담을 갖지 않고 지속적으로 댓글을 쓰며 성장할 수 있었던 것은 잘 쓴 댓글을 게재하고, 상을 주는 등의 외적 동기에 의해 시작한 댓글쓰기가 좋은 글을 쓰고 공유하고 싶다는 내적 동기로 이어졌기 때문입니다. 이는 댓글의 형식이나 내용, 분량에 제한을 두지 않고, 교사들이 학생들의 댓글을 비평하지 않고, 무기명으로 게재하여 학생들의 글쓰기 부담을 줄여주었기 때문이라 생각합니다.

> 1학년 때부터 시작해서 간혹 댓글쓰기 대회에 참여한 적이 몇 번 있다. 공부를 잘 하지도 않고 수상 경력이 있지도 않지만 이렇게 계속 글을 쓰다 보니 필력도 늘고 사고력도 키웠다. 또한 다른 친구들의 글을 보며 다른 사람들은 어떻게 생각을 하는지도 알게 되었다. 나도 저렇게 잘 쓰고 싶다는 생각에 책이라도 한 권 더 읽어 보기도 하였다.
>
> — 조상현3학년

> 나는 1학년 때 댓글쓰기가 있다는 것을 알게 된 후 매월 빼놓지 않고 대회에 참여하였다. 주제에 따른 글쓰기로 나의 생각을 종이 위에 표현하는 것은 즐거운 일이었고 정보의 수용자가 아닌 정보의 생산자로 거듭나는 기회였다.
>
> — 이종명2학년

> 아무도 내 글에 대해 비판하지 않는다는 점 때문인지 솔직하게 내용을 채워 나가는 것이 쉬웠다.
>
> — 정윤호2학년

글쓰기 대회에 참가한지도 벌써 1년 반이 지났다. 아직도 주제를 처음 볼 땐 막막하지만, 그 막막함을 뚫고 글을 완성하면 정말 머릿속이 탁 트이는 듯하다. 그게 좋아서 꾸준히 댓글쓰기 대회에 참여했다.

- 정해환 ○학년

2) 글쓰기를 통한 성장

'생각을 생각하자!'를 주요 목표로 삼는 댓글쓰기 대회가 매월 거듭될수록, 아이들의 생각은 자신의 삶, 타인의 삶, 사회의 삶으로까지 확장되었고, 학생들은 더 나은 삶은 무엇인가에 대한 고민을 스스로 하기 시작했습니다. 공부를 잘 하는 삶에서 도덕적으로 바람직한 삶이 무엇인지에 대해 고민하며 성장하는 모습을 볼 수 있었습니다.

댓글쓰기 대회는 나와 친구들에게 자아성찰의 시간을 마련해 주었다. 바쁜 일상을 살아가며 고민이라고는 롤 승급전, 여자 친구, 내신 성적 정도밖에 없던 학생들에게 생각의 장을 열어 주었다. 성찰 같은 것을 할 시간이 없는 학생들에게 상점과 시상은 더할 나위 없이 좋은 핑계가 되었다. 이름은 댓글쓰기 대회지만 진짜 목적은 대회가 아니다. 상점과 시상은 학생들이 글을 쓰게끔 하는 일종의 맥거핀에 불과하다. 댓글쓰기 대회에 참여한 학생들이 얻은 것은 고작 상점 몇 점과 상장이 아니라, 자신의 삶을 되

돌아보고 앞으로 살아갈 방향을 정하게 해 준 시간이다.

- 오준석 3학년

학교 수업이 직선이라면, 댓글쓰기 대회는 잠시 힘거운 가방을 내리고 직선을 벗어난 생각을 하게 만든다. 직선을 가지고 멋진 도형들을 만든다거나, 직선을 이루는 점들을 가지고 그림을 그린다거나, 아예 새로운 것을 만들게 해주는 소중한 경험이었다.

- 김찬영 3학년

댓글쓰기 대회는 사실 나를 매우 고통스럽게 만드는 것들 중 하나였다. 왜냐하면 철학적인 주제에 대해 생각하고 글을 쓰며 나 자신을 돌아볼 때면 나 자신이 너무 한심할 때가 많았기 때문이다. 주제에 대해 구구절절 내 의견을 쓰면서도 나는 항상 의문이 들었다. '과연 나는 이렇게 내 의견대로 살아가고 있는가?'라는 회의감이 들었다. 그렇기에 댓글 쓰기 대회가 고통이었다. 하지만 동시에 희망이기도 했다. 어쩌면 그 고통들을 이겨낼 때 내가 원하는 내 자신이 될 수 있을 것이라는 생각이 들었기 때문이다.

- 김수찬 3학년

4. 댓글의 공유, 댓글에 대한 댓글 쓰기

생각글에 댓글을 달고, 댓글에 댓글을 다는 방식으로 글쓰기가 이어집니

다. 생각글에 대해 1주일 동안만 생각하고 쓰는 것이 아니라, 이전 달의 생각글이 다음 달에 '댓글에 대한 댓글쓰기'로 다시 한 번 제시됨으로써 학생들이 생각글에 대해 지속적으로 생각하며, 생각의 깊이를 더할 수 있었습니다. 한편 '성남고등학교'라는 공동체 내에서 글을 함께 쓴다는 것은 학생들에게 학교에 대한 특별한 애정을 갖게 했습니다.

> 댓글쓰기는 글쓰기를 넘어, 성찰하고 소통하는 성남고만의 문화를 만들었다. 친구들의 생각을 들여다보며 서로의 이야기를 공유하면서 성장할 수 있었다. 직접 얘기를 나눌 때 알 수 없었던 친구들의 심오한 생각들을 솔직하게 터놓고 이야기하는 나눔의 장 속에 내가 참여했다는, 그리고 하고 있다는 사실에 성남고에 대한 소속감과 애교심을 느낀다.
>
>   - 정진우 2학년

> 우리는 친구들과 많은 대화를 나누지만 그 대부분이 신변잡기다. 그런 이야기는 모두 우리를 즐겁게 해 주고 스트레스를 풀어준다. 하지만 우리는 심중 이야기를 꺼내놓을 창구가 없다. 표현하지 못한 이야기는 삭아 흔적만이 남게 마련이다. 나는 아쉬운 내 생각들이 댓글쓰기를 통해 조금 더 긴 생명을 얻게 되어 기쁘다.
>
>   - 이지태 2학년

댓글을 남겨 친구들과 생각을 공유하며 '우리'라는 공동체에 대한 자부심과 긍지를 가지게 되었다.

- 장선진 학생

 성찰하고 소통하고 성장하는 성남고 댓글쓰기 대회가 맑은 샘물처럼 교육 현장 곳곳에 흘러가기를 기대합니다.

2016년 11월

김배균, 권혁원

김배균과 권혁원은 성남고등학교 국어과 교사입니다.

배균샘은 성적 때문에 불안 · 우울 · 좌절 · 포기에 익숙해지는 학생들에게 희망과 사랑을 가르치고 싶습니다. 나아가 참사람 · 참사랑 · 참정치 · 참교육 · 참나무 · 참나물 · 참매 · 참새 등등 '참'들이 어우러진 참세상을 꿈꿉니다. 이를 위해 교실에서 '공부 못하면 인생 X 된다.'는 큰 바위에 작은 생각의 계란을 던지고 있습니다.

저서로 '시'를 어려워하는 학생들을 위한 『시 독해 매뉴얼』이 있습니다.

혁원샘은 입시 경쟁을 겪으며 대학을 가고, 교사가 되어 경쟁이 삶의 당연한 과정인 줄로만 알았습니다. 하지만 각기 다른 환경에서 나름의 삶의 방식으로 살아가는 아이들을 보며 입시 경쟁만이 교육의 정답은 아닐 수도 있다는 생각을 했습니다. 그래서 아이들을 행복하게 하는 교육이 무엇인가 수업 안팎에서 끊임없이 고민하고 있습니다. 글쓰기를 통해 아이들과 함께 고민하고, 아이들 스스로가 행복한 삶의 길을 찾기를 바라고 있습니다.

생각을
생각하자!

작은학교
인문 교양이 살아 숨쉬는 즐거운 학교

그래, 지금은 조금 흔들려도 괜찮아 대한민국 희망수업 1교시
신현수 외 지음 | 344쪽 | 14,000원

아침독서신문 추천도서 | 문화체육관광부 우수교양도서

아름다운 학교를 꿈꾸는 열여섯 선생님들이

청소년들에게 들려주는 가슴 뭉클한 첫 수업 이야기

넌, 아름다운 나비야 대한민국 희망수업 2교시
강병철 외 지음 | 288쪽 | 14,000원

책따세 추천도서

아이들과 함께 꿈꾸는 열셋 선생님들이

첫 수업에 들려주고 싶은 제자 이야기

난, 너의 바람이고 싶어 대한민국 희망수업 3교시
강병철 외 지음 | 280쪽 | 14,000원

신간도서

아이들의 곁에서 영원한 동반자이고 싶은 선생님들이

첫 수업에 들려주고 싶은 친구 이야기

시로 쓰는 한국 근대사 1, 2 국어 선생님의 역사 수업
신현수 지음 | 256, 244쪽 | 각권 14,000원

아침독서신문 추천도서

시가 된 역사, 역사가 된 시를 읽어 주는

국어 선생님의 색깔 있는 문학 수업

사춘기 국어 교과서 생각을 키워주는 십대들의 국어책
고흥준, 김보일 지음 | 276쪽 | 14,000원

아침독서신문 추천도서 | 서울시교육청 추천도서

말 속에 담긴 세상 그리고 생활 이야기

생각하는 국어, 재미있는 국어가 눈앞에 펼쳐진다

사춘기 철학 교과서 생각을 키워주는 십대들의 철학책
김보일 지음 | 276쪽 | 14,000원

아침독서신문 추천도서 | 충남교육청 추천도서

꼬리에 꼬리를 무는 질문으로 사물의 본질을 알아가는

사춘기를 위한 재미있고 깊이 있는 철학책

과학 개념어 상상사전 손에 잡히는 과학 공부
박서경 외 지음 | 352쪽 | 15,000원

학교도서관저널 추천도서

공부의 핵심은 개념어에 있다

과학 개념어로 중학과학을 한번에 끝낸다

수능국어 절대어휘 상상사전 손에 잡히는 국어 공부
이규배 지음 | 352쪽 | 15,000원

모든 문제의 정답은 어휘에 있다

수능 국어에 자신감을 주는 절대어휘 123

우리 궁궐의 비밀 광화문 해태 앞다리는 누가 부러뜨렸을까
혜문 지음 | 290쪽 | 15,000원

학교도서관저널 추천도서

일제가 훼손하고 우리가 잘못 복원한 궁궐 이야기

궁궐을 바꾸는 일은 세상을 변화시키는 일이다

국어 선생님, 잠든 우리말을 깨우다 국어사전에 숨어 있는 우리말 100
박일환 지음 | 248쪽 | 12,000원

문화체육관광부 우수교양도서

국어 선생님의 국어사전 제대로 읽기

국어사전 속에서 잠자는 우리말 100

국어 선생님, 잠든 사투리를 깨우다 국어사전에 숨어 있는 사투리 100
박일환 지음 | 248쪽 | 12,000원

신간도서

사투리가 모두 사라지고 표준어만 남게 된다면?

우리말의 풍요로움과 아름다움을 깨닫게 해 줄 사투리 100

수학 끼고 가는 이탈리아 선생님과 함께 떠나는 내인생의 첫여행
남호영, 정미자 지음 | 384쪽 | 17,000원

2016 우수과학도서 | 학교도서관저널 추천도서

우리가 꿈꾸던 바로 그 수학여행!

수학의 눈으로 만나는 고대 로마의 역사와 문화 이야기

열세살 내인생
내 인생에서 처음 만나는 그 무엇

내 인생의 첫 고전 – 논어 근본이 서면 길이 열린다
이현주 글, 이창우 그림 | 196쪽 | 15,000원

아침독서신문 추천도서

청소년을 위한 고전 쉽게 읽기

공자의 논어를 통해 배우는 삶의 지혜

내 인생의 첫 고전 – 노자 비어 있어서 쓸모 있나니
최은숙 글, 한단하 그림 | 232쪽 | 15,000원

한국출판문화산업진흥원 우수콘텐츠제작지원사업 선정작

청소년의 눈높이에 맞는 쉽고 친절한

노자에 대한 새로운 해석으로 만나는 따뜻한 지혜의 향기

내 인생의 첫 고전 - 장자 나비의 꿈

최은숙 글, 노계선 그림 | 164쪽 | 14,000원

아침독서신문 추천도서

중국 역사에서 가장 매력 있는 장자 쉽게 읽기

무한한 상상력과 자아의 소중함을 일깨워 주는 책

내 인생의 첫 멘토 - 리더 사람 사는 세상을 꿈꾼 사람들

안덕훈 지음 | 312쪽 | 15,000원

아침독서신문 추천도서

리더를 꿈꾸는 십대를 위해 준비된 본격 직업별 위인전

큰 목적을 위해 맹목적 욕망을 버린 아홉 인물들의 감동 스토리

평화도토리
어른과 아이가 함께 읽는 평화동화

오리와 참매의 평화여행 오리와 참매의 평화를 향한 여정

조재도 글, 최경식 그림 | 10,000원

2014 세종도서 문학나눔 선정도서

인간과 모든 생명에게 주어진 소중한 선물, 평화.

그 평화의 씨를 나누기 위한 이야기

시골 엄마의 선물 산이 엄마가 산이에게 준 열세 가지 선물

최성현 글, 손미정 그림 | 10,000원

아이를 가진 어머니와 그 가족들이 곧 태어날 아이를 기다리며

느끼는 설렘과 기쁨을 세밀한 감정으로 펼쳐 낸 책

살자토끼 1, 2 평화를 위한 신개념 컬러링북

조시원 글, 그림 | 각권 10,000원

초등학생도 쉽게 따라 그릴 법한 독특한 그림

우리가 살면서 생각해 봐야 할 것들을 직설과 유머로 표현한 컬러링북

작은숲청소년
청소년들의 땀, 꿈, 눈물이 담긴 글항아리

36.4℃ 중·고등학생이 직접 쓰고 뽑은 학생시 123
배창환, 조재도 엮음 | 260쪽 | 12,000원 아침독서신문 추천도서

공부하기 싫은 날 신엄중학교 학생들의 시 161
김수열, 이경미 엮음 | 240쪽 | 12,000원

채식주의자라는 이름으로 경주여고 산문집
배창환 엮음 | 232쪽 | 12,000원 2015 세종도서 교양부문 선정도서

눈물은 내친구 국어시간에 쓴 중학생 산문집
조재도 엮음 | 240쪽 | 12,000원 2014 한국출판문화산업진흥원 청소년권장도서

싸움닭샤모 조재도 성장소설
조재도 글, 김호민 그림 | 296쪽 | 12,000원 국립어린이청소년도서관 사서추천도서

불량아이들 조재도 성장소설
조재도 글, 김호민 그림 | 296쪽 | 12,000원 2013 우수문학도서

원더풀라이프 박성철 청소년소설
박성철 글 | 232쪽 | 12,000원 어린이도서연구회 청소년추천도서

운동장이 없는 학교 박영희 청소년소설
박영희 글 | 212쪽 | 12,000원 2015 세종도서 문학나눔 선정도서

스캔 강물 청소년소설집
강물 글 | 260쪽 | 13,000원

우리 연극해요 1, 2 청소년 연극대본집
전국교사연극모임 엮음 | 328, 302쪽 | 각권 14,000원 2016 대한출판문화협회 청소년도서